Delikate Delikte
geschehen in Norddeutschland

Für meine Kinder Sherin und Daniel,
die mich stets ermutigt und
unterstützt haben

Magda Sorour

Delikate Delikte
geschehen in Norddeutschland

Kurzgeschichten

Die Deutsche Nationalbibliothek verzeichnet diese Publikation in der Deutschen Nationalbibliografie; detaillierte bibliografische Daten sind im Internet über http://dnb.dnb.de abrufbar.

© 2013 Magda Sorour

Fotos: Angelika Neiss: S.81, S.105
Magda Sorour: Umschlag und übrige

Herstellung und Verlag: BoD – Books on Demand, Norderstedt   ISBN: 978-3-7322-4728-8

Inhalt:

ERSTE SEQUENZ
ES GRUSELT IM LANDKREIS

	Seite
„Der Swimmingpool"	8
Strandgut	16
Die alte Truhe	26
Wasserschutz	34
Der Tote am Bahnhof	39
Schwarz-Weiß	46
Barnaby	48
Harfentöne	52
über die Ostsee	58
Blutiger Tau – 1987	64

ZWEITE SEQUENZ
DER GANZ ALLTÄGLICHE WAHNSINN

Das Baumhaus	68
Ausgerechnet Andorra	72
fortissimo	82
Teezeremonien	85

Ihr Name war Flora	90
…irgendwas mit Blumen	96
Kochkunst	107

DRITTE SEQUENZ
HISTORISCHE DELIKTE AUS DER REGION – NEU AUFGEROLLT

Eutiner Retrospektive	113
Aus der Lombardei	120
Gartenträume	129
Kitty spielt	137
Schwedische Pressionen	144
Till Eulenspiegel in Reinfeld	151
Wiedersehen in Altona	156

ERSTE SEQUENZ
ES GRUSELT IM LANDKREIS

„Der Swimmingpool"

Er hatte den Fernseher ziemlich spät eingeschaltet. Eigentlich wollte er den Film nie mehr sehen. Zu oft hatte seine Mutter ihm vorgeschwärmt, wie wunderbar diese beiden Menschen doch zusammen passten, was für phantastische Schauspieler sie waren, wie raffiniert gerade dieser Film angelegt war, um die bevorstehende private Krise bereits erahnen zu lassen. Ja, Romy Schneider und Alain Delon, DAS Traumpaar der deutsch-französischen Nachkriegs- und Filmgeschichte! Wie oft hatte sich Jens das als Kind anhören müssen! Und seine Mutter hatte sich nicht entblödet, ihm den Namen Jens-Alain zu verpassen. Mit „Jens", hatte sein Vater sich durchgesetzt, aber ein Name genügte ja nicht, schon gar nicht ein so kurzer! „Alain" musste noch hinten dran, und dann auch noch mit Bindestrich: Jens-Alain! Alles wegen dieses Schönlings Alain Delon! Wenn das mit dem zweiten Kind geklappt hätte, wäre seine mögliche Schwester auf jeden Fall „Romy" getauft worden. Aber wenigstens das war ihm erspart geblieben.

Nun wartete er auf die Rückkehr seiner Mutter, hatte aus purer Langeweile das TV-Gerät gestartet. Ausgerechnet dieser Film lief jetzt: „Der Swimmingpool". Ihn hatte seine Mutter unter den vielen Romy-Schneider -Werken zu ihrem

Lieblingsfilm erkoren und ließ deshalb unter Protest von Gatte und Sohn in ihrem großen Garten einen Swimmingpool anlegen. Wenn Jens das Haus endlich erben würde, - worauf er nun immer ungeduldiger wartete -, würde zuallererst ein Kieslaster diese überflüssige Wasserkuhle zuschütten.

Der Gatte war längst über alle Berge und Jens-Alain hatte nach dem Abitur am Otto-Hahn-Gymnasium in Geesthacht auch sobald wie möglich das Weite gesucht. Seine Besuche wurden zusehends seltener, er mochte sich immer weniger dem nie enden wollenden Fragenkatalog stellen, den seine Mutter stets anzubringen versuchte. Solange er zurückdenken konnte, hatte sie ihn ausgefragt und sich damit immer wieder in sein Privatleben gedrängt, nein, sie hatte ihn sogar gehindert, eines zu haben, denn er musste alles preisgeben. Dann gab sie ihre Kommentare und Ratschläge ab und Jens-Alain folgte. Am schrecklichsten war ihm der Schwimmunterricht in Erinnerung geblieben. Nur weil sie mal bei irgendwelchen Schwimmwettbewerben gewonnen hatte und beinahe mitfahren durfte zu den Landesmeisterschaften, sollte ihr Jens-Alain auch an diesem aufregenden Leistungsschwimmerleben teilhaben. Dass er bis zum Ende des Grundschulalters Angst hatte vor Wasser und bei den diversen Stranduralauben am liebsten nur friedlich im Sand spielte, das interessierte seine ehrgeizige Mutter nicht im Geringsten.

Überhaupt, die Grundschulzeit: Gleich am ersten Schultag, als alle Kinder ihre Namenskärtchen erhielten und einige stolz vorzeigten, dass sie ihres schon lesen konnten, traute er sich nicht, seinen Doppelnamen zu nennen, obwohl seine Mutter ihm zu Hause noch eingeschärft hatte, ja seinen vollständigen Namen zu sagen. Er hatte schon erfahren, dass die meisten Menschen um ihn herum noch einmal nachfragten:

„Wie heißt du? Jens allein? Oder kommt da noch was?" Dann musste er seinen Namen wiederholen, wobei das französische Näseln nie richtig gelingen wollte, schließlich war er ein deutschzungiges Kind. Wenn der Frager dann noch einmal nachhaken wollte, schwieg Jens und ließ sich nicht mehr dazu bewegen, noch irgendeine Auskunft über seinen Namen zu erteilen.

Am ersten Schultag war es nicht anders. Klar wusste die Lehrerin, wie er heißt, und sie beherrschte auch die elegante Aussprache, aber seine kleinen Kameraden machten sich bald einen Spaß daraus, ihn „Jens-allein" zu nennen. Dies trug wenig zu den gewünschten Sozialisationen in der neu zu bildenden Klassengemeinschaft bei, sondern es verursachte bei Jens verständlicherweise Aggressionen, sodass dieser Spitzname allmählich seinen Inhaber richtig markierte. Nein, er hatte keine Freunde, er wollte auch keine, sie ärgerten ihn ja bloß immer alle: Sie machten sich lustig über seinen Namen, sie lachten ihn aus, weil seine Mutter ihn jeden Tag abholte und sofort ihren Verhören unterzog, sie fanden es blöd, dass er nie jemanden mit nach Hause bringen durfte, weil seine Mutter keine Unordnung mochte, und sie luden ihn deshalb natürlich auch nicht zu sich ein.

Auf dem Gymnasium wurde es ein wenig besser, er hatte von vornherein versucht, hier als „Jens" aufzutreten ohne das alberne französische Anhängsel. Manchmal rief ein Lehrer ihn dennoch mit seinem vollen Namen auf, aber mit der Zeit entwickelte er so viel Selbstbewusstsein, dass es ihm gelang, nur um die vordere Hälfte zu bitten. Jedoch seine Fähigkeit, Freunde zu finden, war auch hier nicht besonders ausgeprägt. Nur Georg gab es. Georg war ein altmodischer Name und so fühlte Jens ein bisschen Mitleid, als der

Religionslehrer einmal diesen Vornamen zum Anlass nahm, um über den Drachenbezwinger Georg zu berichten, der zu den Heiligen zählt. Alles grinste in Georgs Richtung. So näherten sich Georg und Jens, weil Jens es so wollte, und sie waren trotz verschiedener beruflicher Wege bis heute Freunde geblieben.

Der Film war inzwischen bei der Szene angelangt, als Alain Delon und sein Widersacher sich nachts am Swimmingpool begegneten, beide etwas angetrunken. Die gute Romy hatte sich bereits zurückgezogen in dem Glauben, ihr junger Gatte würde gleich nachkommen zum gemeinsamen Nachtlager. Aber weit gefehlt, die Männer hatten sich doch noch einiges zu sagen. In Gedanken schweifte Jens wieder ab: Ja, die gemeinsame Studienzeit mit Georg in München war prima gewesen. Nette Mädchen, durchgesoffene Nächte, aber auch gemeinsame Klausuren, büffeln für Prüfungen, schließlich Staatsexamen. Er selbst war in München geblieben, Georg hatte es wieder hierher nach Hamwarde verschlagen, ausgerechnet in die Nachbarschaft seiner Mutter, denn Georgs Frau Svenja hatte das Grundstück geerbt, und so wohnten sie nun mal hier.

Ja, Georg war glücklich mit Svenja, was Jens bis heute nicht so recht verstand. Sie war zwar eine hübsche, intelligente Frau, aber irgendetwas fehlte, jedenfalls kam es Jens so vor. Für ihn hatte sie keinerlei Anziehungskraft, im Gegenteil, etwas Kühles, Unnahbares ging von ihr aus, manchmal empfand Jens sie sogar als oberflächlich. Diesen Gedanken schob er jedoch schnell beiseite, weil er es Georg gegenüber als unfair empfand. Jens' Mutter allerdings begeisterte sich umso mehr für Svenja: So eine sollte Jens sich mal auch suchen, eine Schönheit! Dann auch noch klug, mit einem einträglichen Job in der Staatsanwaltschaft, das müsste doch für Jens auch möglich sein. Seine „Kleine" von damals, diese „Reisetante", oder was war sie doch gleich? Die musste man ja wohl nur verstecken, damit konnte man in Juristenkreisen doch nun wirklich nicht auftreten! Ja, das war Mutters Meinung gewesen über die einzige Frau in Jens' bisherigem Leben, die er so sehr geliebt hatte. Sie war Reisekauffrau, ohne Abitur, ohne Studium, und darauf hackte seine Mutter ständig herum. Das störte, das ging gegen ihre ehrgeizigen Pläne mit ihrem Jens-Alain! Oh, wie Jens sie dafür noch immer hasste! Sie hatte es tatsächlich geschafft, seine große Liebe von seiner Seite weg zu ekeln. Welche Frau kann es schon ertragen, von der zukünftigen Schwiegermutter nur mit spitzfindigen Bemerkungen über Herkunft, Bildung, monatliches Einkommen, ja, sogar Kleiderstil bedacht zu werden? Aber Jens musste im Nachhinein auch bei sich selbst Fehler feststellen. Warum hatte er sie seiner Mutter so früh vorgestellt, schon in der zweiten Woche ihres Kennenlernens? Jetzt wollte er es schlauer anstellen.

Er war heute gekommen, um seine Mutter über seine bevorstehende Heirat zu informieren. Bis jetzt war es ihm gelungen, seine nun schon zwei Jahre dauernde Beziehung zu Samira zu verbergen, auch wenn seine Mutter am Telefon immer wieder nachgefragt hatte. Er schwieg dazu und kündigte lediglich seinen Besuch an. Morgen erst würde Samira kommen. Was seine Mutter wohl dieses Mal alles ins Feld zu führen hätte? Samira war Ärztin, kam aus einer deutsch-indischen Diplomatenfamilie, ihre Gesichtszüge waren gleichermaßen von indisch-warmer Harmonie und nordeuropäischem Ebenmaß bestimmt. Viel konnte seine Mutter wohl nicht gegen sie vorzubringen habe, außer natürlich: ihre fremde Herkunft. Du schleppst mir eine Ausländerin an? hörte Jens sie schon hinter Samiras Rücken hetzen. Aber das würde ihm egal sein.

Gedankenverloren starrte er auf den Bildschirm. Dort spielte sich gerade die Szene im Swimmingpool ab: Alain Delon lässt es nicht zu, dass der erschöpfte Rivale aus dem Wasser heraus kommt, in das er vorher auf Grund ihrer Auseinandersetzung hinein gefallen war. Was zunächst nur wie ein Scherz wirkt, wird immer bedrohlicher, es wird zu bitterem Ernst. In dem Protagonisten erwacht tatsächlich erst bei dieser sich ihm bietenden Gelegenheit der Wunsch, den anderen zu töten und damit die vorangegangenen Probleme endgültig aus der Welt zu schaffen. Jens ist doch wieder fasziniert von dieser Meisterleistung des Regisseurs. Den Schwimmer verlassen die Kräfte, der Angreifer braucht ihn nur noch unter die Wasseroberfläche zu drücken, dies allerdings mehrmals, dann ist es aus. Es wird wie ein Unfall aussehen, weil der Tote schließlich stark angetrunken war und zu später Stunde noch ein Bad nahm. Aber – wenn man ein Bad nimmt, entkleidet man sich vorher. Jens kennt den Schluss des Films nur zu gut: Alain Delon wird die Leiche aus dem Wasser ziehen, sie entkleiden, trockene Kleidungsstücke aus dem Haus holen, sie an den Beckenrand legen, den Toten wieder ins Wasser werfen und schlafen gehen. Tja, und der Kommissar stolpert dann darüber, dass die trockenen Kleidungsstücke nicht nach Schweiß und Alkohol riechen, wie es nach einem Zechgelage üblich ist. So wandert der schöne Alain dann doch noch ins Gefängnis, und der Zuschauer kann beruhigt abschalten, denn die böse Tat ist gesühnt. Jens sah auf seine Armbanduhr. Wo nur seine Mutter blieb? Sie wollte doch spätestens um 23 Uhr zu Hause sein. Georg und seine Frau waren leider verreist, sonst wäre Jens noch eben hinüber gegangen auf ein Glas Wein und ein nettes Gespräch. Sie hatten sich oft über den „perfekten Mord" unterhalten, schließlich saß Svenja in der Staatsanwaltschaft gewissermaßen an der Quelle. Auch sie war der Meinung, dass „perfekte Morde" häufiger seien, als man gemeinhin glaubt, da sie als Unfall getarnt sind und sich keiner die Mühe macht, eine Untersuchung anzustellen. Personalknappheit ist das Stichwort, sagte sie. Jens fiel ein, dass seine Mutter früher auch gern spät abends noch in den Swimmingpool gestiegen war um ihre Runden zu drehen. Ob sie das heute noch tat?

Er hörte ihr Auto auf die Auffahrt fahren, die Garagentür bollerte, sie betrat das Haus. Nach der Begrüßung, zu der Jens auf seinen Wunsch ein Glas Whiskey mit ihr trank, schlug er ihr ein gemeinsames Bad vor. Wie erwartet, stimmte sie erfreut zu. Jens hatte seinen Plan plötzlich schnell entworfen. Warum nicht? Das Grundstück war nur von Georgs Seite her einsehbar, und dort war keiner zu Hause. Getrunken hatte sie vorher schon etwas, das hatte er gleich gerochen. Sie würde sich ihrer Kleidung natürlich vorher entledigen, sodass er nichts Neues aus dem Schrank holen müsste. Ihr Badeanzug lag stets griffbereit am Pool. Sicher war es in ihrem Alter nicht ungefährlich zu später Stunde mit Alkohol im Blut baden zu gehen, das würde jeder Arzt bestätigen. Und er könnte ungestört seiner Zukunft mit Samira entgegen sehen.

Die Mutter wehrte sich, es war nicht so einfach, wie es im Film ausgesehen hatte. Er musste nicht nur körperlich, sondern auch psychisch kämpfen. Sein Inneres bäumte sich auf gegen diese Tat, lähmte seine Muskeln. Aber was hatte sie ihm schon alles angetan im Leben! Wie oft hatte er gelitten unter ihren Ansprüchen, ihrer Herrschsucht! Nun sollte sie für alles büßen, das war doch nur recht und billig, oder? Seine ZUKUNFT sollte sie nicht auch noch zerstören! Noch einmal tauchte er sie unter, sie trat wieder heftig um sich, verursachte Wellen, die an die Kachelmauer rollten. Dann gelang es ihm endlich, mit beiden Händen ihre Schultern nieder zu drücken und sie unter Wasser so lange festzuhalten, bis sie gänzlich erschlaffte.

Oh Gott! entfuhr es ihm. Er schüttelte sich wie ein triefender Hund, sog gierig die Nachtluft ein. Es kam ihm vor, als hätte er bisher das Atmen vergessen. Durch ein paar schwerfällige Schwimmbewegungen gelangte er an den Beckenrand. Als er sich an der glatten Wand hochstemmte, bemerkte er eine Bewegung am Rand der Terrasse. Eine Frauenstimme drang an sein Ohr: „Na, Jens, willst du deiner Mutter nicht aus dem Wasser helfen?" Svenja trat aus dem Schatten der Gartenbeleuchtung und hob grüßend den Arm.

Strandgut

Kann es sein, dass bei diesem Begräbnis auch ein Kommissar anwesend ist, wie es in den Kriminalfilmen geschildert wird?

Der steht mit seiner abgetragenen Lederjacke in einiger Entfernung neben einem Baum und beobachtet verstohlen die Trauergäste, um heraus zu kriegen, ob der Mörder vielleicht unter ihnen ist. Als ob man den erkennen könnte! Soll der da stehen und möglichst unbeteiligt tun? Oder vielleicht den Hinterbliebenen besonders auffällig kondolieren? Nein, nein, das ist doch alles Quatsch! Für so etwas haben Kommissare oder sonst wer von der Kripo gar keine Zeit! Die leiden doch alle hoffnungslos unter Arbeitsüberlastung wegen Personalmangel und Sparmaßnahmen! Außerdem war dies hier ja gar kein Mord! Es war ein Unfall, ein bedauerlicher, tragischer Unfall, das haben sie ja letztendlich herausgefunden. Tragisch insofern, als es sich um eine erst 27-jährige Rollstuhlfahrerin handelte.

Erst hieß es, es sei ein Mord gewesen, denn von allein wäre sie niemals so dicht an die Abbruchkante der Steilküste herangefahren. Man fand allerdings weder verdächtige Fußspuren, noch Fingerabdrücke noch fremde DNA am Rollstuhl oder gar Kampfspuren. Auch schien das Opfer keine Bremsversuche gemacht zu haben, weder mit dem einen noch beweglichen Fuß, noch mit der manuellen Bremsvorrichtung. Die Suche nach einem möglichen Motiv hatte man ziemlich schnell aufgegeben. Daraufhin wurde dieser Todesfall als Selbstmord deklariert. Es gab allerdings keinen Abschiedsbrief oder sonst irgendeinen Hinweis auf eventuelle Depressionen. Sie war sogar erst kürzlich einem Basketballverein für Rollstuhlfahrer beigetreten. So hat man sich dann doch auf einen Unfall geeinigt, an dem die Sonneneinstrahlung möglicherweise Schuld war: Die junge Frau fuhr allein auf dem Wanderweg oberhalb der Steilküste des Brodtener Ufers in Travemünde entlang, wurde von der Sonne geblendet, geriet zu dicht an die Abbruchkante und stürzte mitsamt ihrem Rollstuhl ungefähr 20 Meter in die Tiefe auf den mit Felsbrocken und abgebrochenem Strauchwerk übersäten Strand. Nach diesen Erkenntnissen wurde die Akte Manuela Trauwe geschlossen und der Leichnam zur Bestattung freigegeben. Ruhe sanft, liebe Manuela, vielleicht war es besser so.

Diese Gedanken gingen Jörg Kamenschmidt durch den Kopf. Er ist 42 Jahre alt, eine gepflegte Erscheinung, tätig als Immobilienmakler, wohnhaft zurzeit in Hamburg und steht jetzt mit vielen anderen Trauergästen am Grab von Manuela Trauwe, obwohl er sie noch nicht allzu lange kannte. Deshalb hält er sich etwas entfernt von der Reihe der Anteilnehmenden, die nacheinander drei Schaufeln Erde und eine Blume auf den versenkten Sarg werfen und den nächsten Angehörigen mit starrer Miene ihr Beileid aussprechen. Doch, dabei sein wollte er schon ganz gerne um ihre Gesichter zu sehen, das hatte er sich vorgenommen. Nach den letzten Segensworten des Pfarrers wendet Jörg sich jedoch ab und geht seiner Wege.

Denn wieder steht das Bild seiner jüngeren Schwester Senta vor seinen Augen. Auch sie war Rollstuhlfahrerin, war dazu geworden durch einen Verkehrsunfall im Alter von 16 Jahren. Als sie mit ihrem Fahrrad vom Trainingsnachmittag ihrer Kunstturngruppe nach Hause fuhr, hatte ein LKW-Fahrer geglaubt, noch bei Gelb über die Kreuzung fahren zu können. Da war es geschehen! Alles lief vorschriftsmäßig ab: Die Polizei wurde gerufen, der Unglücks-Fahrer war betroffen, hatte sogar einen leichten Schock, er kümmerte sich rührend um das Opfer, besuchte Senta mehrfach im Krankenhaus, seine Speditionsfirma haftete, es wurde ein hohes Schmerzensgeld ausgezahlt und eine Rente festgesetzt. Ja, das war alles geregelt. Jörg befand sich zu der Zeit beruflich in den USA, konnte dort auch nicht weg, ohne seine Karriere aufs Spiel zu setzen. Einer der behandelnden Ärzte hatte ihm am Telefon alles ausführlich geschildert. Damals kam es Jörg so vor, als würde ein Schwert in seine Schädeldecke einfahren und ein Chaos im Inneren seines Kopfes anrichten, aus dem es kein Entrinnen mehr gab. Er schaffte es gerade noch, ein gepresstes „Danke für die Information" in den Hörer zu keuchen, danach muss er das Bewusstsein verloren haben. Als ein Mitarbeiter versuchte, ihm ein Glas Wasser einzuflößen, kam er wieder zu sich. Die Behandlung durch einen Arzt lehnte er damals allerdings ab, die schnelle Erledigung seiner Termine war ihm wichtiger. Danach erhielt Jörg regelmäßig Nachrichten von zu Hause und konnte nur aus der Ferne versuchen, Trost zuzusprechen. Als er endlich wieder in Deutschland war, fuhr er sofort nach Hamburg, wo seine Eltern inzwischen mit Senta lebten.

Ihren langjährigen Wohnsitz in Saßnitz auf der Insel Rügen hatten sie aufgegeben, die Großstadt Hamburg bot vielfältigere Therapiemöglichkeiten für Senta, ebenso Selbsthilfegruppen und Freizeitangebote für Rollstuhlfahrer. Dies waren die Gründe gewesen für den Wohnortwechsel. Doch die alten Freundinnen und Freunde blieben in Saßnitz zurück, alle die, die das lebenslustige Mädchen Senta von früher kannten, die mit ihr die Schulbank gedrückt und am Strand getollt hatten, gemeinsam im Kino waren, verbotenerweise an der Steilküste kletterten. Vor allem natürlich die Mädels von der Kunstturngruppe, die vermisste Senta am meisten. Schlimm genug, dass sie sich nach dem Unfall vom Sport für immer verabschieden musste, jedenfalls glaubte sie das. Nein, durch den Umzug nach Hamburg verlor sie nun auch noch ihre liebsten Weggefährten.

Doch die Therapiemaßnahmen erwiesen sich als ausgesprochen erfolgreich. Senta musste zwar weiterhin im Rollstuhl bleiben, konnte jedoch bald wieder ihren gesamten Oberkörper bewegen, sowie den rechten Unterschenkel. Bald trat sie einem Handycap-Sportverein bei, wie sie sich nannten, und fand Freude am Basketballspiel. Die Eltern und auch Jörg waren heilfroh, dass Senta nun endlich über den Berg zu sein schien und wieder ein bisschen Lebensfreude gewonnen hatte, so schien es ihnen allen jedenfalls.

Deshalb kam die Tat so völlig unerwartet, so schrecklich überraschend, so niederschmetternd für Familie und Freunde: Während eines Besuches in Saßnitz war es Senta gelungen, sich bei einem Ausflug mit ihrem Rollstuhl von der Gruppe der Freundinnen zu entfernen, bis zum Steilküstenwanderweg zu fahren und sich dort hinunter zu stürzen. In dem Abschiedsbrief, den man in ihrer Reisetasche fand, schilderte sie ihre Beweggründe: Sie hielte es nicht mehr aus, die ständigen Sorgen der Familie, das Mitleid der Freunde, das Bedauern in den Gesichtern der Fremden um sich herum zu sehen. Auch war in ihr jegliche Hoffnung auf eine Partnerbeziehung und ein damit verbundenes eigenes Familienleben geschwunden. Sie sah keinerlei Sinn mehr in ihrem Dasein, es war für sie nur noch ein Dahinvegetieren, ein Warten auf den Tod, und das habe sie nun eben mit ihrer Tat verkürzt. Der Brief schloss mit der Bitte an die Hinterbliebenen, sich im Gedenken an sie stets nur an ihre gesunden Tage und Jahre zu erinnern, dies würde auch sie tun in der Welt, die nun auf sie warte.

Wie sollte das Elternpaar Kamenschmidt mit diesem erneuten Schicksalsschlag fertig werden? Die Trauer zeichnete ihre Gesichter auf unerträgliche Weise. Jörg glaubte, in Kürze auch noch Mutter und Vater zu verlieren auf dieselbe Art wie seine Schwester. Seinen eigenen Schmerz unterdrückte er mithilfe von übermäßigem Engagement in seinem Beruf und Psychopharmaka. Aber er sorgte dafür, dass seine Eltern von erfahrenen Psychotherapeuten betreut wurden und sich regelmäßig mit anderen ebenso betroffenen Familien austauschten. Er selbst hatte keine Zeit für eine Therapie, er würde es schon so schaffen, eilte von einem Geschäftstermin zum nächsten und lenkte sich ab.

Als er ein Jahr später geschäftlich in London zu tun hatte, überkam ihn plötzlich eine solche Erschöpfung, dass er beschloss, sich ein paar Tage Urlaub zu gönnen, fern von Terminen und vom Leid der Eltern. An der Küste von Yorkshire in dem Ort Scarborough fand er das Tamarind Guest House, eine kleine Pension mit einem vielversprechenden bed-and-breakfast-Angebot, und mietete sich dort ein. Die Strandspaziergänge taten ihm gut. Dass es hier ungewöhnlich hohe Steilküstenhänge gab, hatte er nicht gewusst, doch sie faszinierten ihn, trotz oder vielleicht wegen der beständig präsenten Erinnerung an seine Schwester. Wenn er nun auch…? Wem würde er schon fehlen, außer vielleicht doch seinen Eltern? Er schob diese morbiden Gedanken schnell wieder von sich und suchte das nächste Café auf.

Eine junge Frau steuerte hier gerade ihren Rollstuhl durch die schmale Tür. Jörg beeilte sich, ihr zu helfen, doch sie schien ganz gut zurecht zu kommen. Sie lächelten sich an, und da auch sie allein war, begann er ein Gespräch mit ihr. Sie stellte sich als Doreen vor und antwortete bereitwillig auf Jörgs Fragen zu diesem Dorf und seiner Umgebung. Humorvoll erzählte sie von kleinen Ereignissen rund um die mittelalterliche Burgruine und den Pub „Martial Knight". Schließlich war das Vertrauen soweit hergestellt, dass sie sich für den nächsten Nachmittag verabredeten. Doreen erklärte, sie sei dankbar für jegliche Abwechslung in ihrem Leben und wollte ihm sehr gerne die erwähnte Burganlage Scarborough-Castle zeigen.

Kommissar Briegel öffnete seine Schreibtischschublade im Behördenhochhaus in Lübeck, nahm eine Schere heraus, ging damit zum Aktenschrank und schnitt einen Streifen mit der Zahl Sieben von dem Maßband ab, das an der Seitenwand des Schrankes befestigt war. Bedächtig wog er das kleine Stückchen Plastik in seiner Hand, betrachtete es versonnen, und warf es dann in den Papierkorb. Er lächelte. Auch der gestrige Arbeitstag war zu Ende gegangen, blieben nur noch sechs bis zu seinem endgültigen Feierabend, zu seinem Eintritt in den Ruhestand. Nein, er gehörte nicht zu den im Beruf alt gewordenen Männern, die nicht wussten, was sie mit der vielen Freizeit anfangen sollten, die da auf sie zukam. Er hatte Pläne, er führte noch eine intakte Ehe mit einer verständnisvollen Partnerin an seiner Seite, aus ihrer Tochter war eine erfolgreiche junge Frau geworden…, ja, sie hatten noch viel vor. Die Gewalttaten, die Verbrechen, das viele Leid, all diese Ereignisse, die sein Berufsleben bisher begleitet hatten, wollte er weit hinter sich lassen, nie mehr damit zu tun haben, am liebsten keine Zeitung mehr lesen, keine Nachrichten mehr hören oder sehen. Nun, soweit würde es wohl nicht kommen, aber immerhin, - ihn würde das alles nichts mehr angehen, und darauf freute er sich.

Aber noch war er im Dienst, noch gab es zu tun. Einen Fall hatten sie gerade wieder abgeschlossen, einen Fall, der gar keiner war, denn es hatte sich heraus gestellt, dass es sich um einen selbst verschuldeten Sturz gehandelt hatte, nicht, wie zunächst angenommen, um einen Selbstmord oder gar Tod durch Fremdeinwirkung, wie es amtlich hieß. Warum sollte sich eine junge Rollstuhlfahrerin auch von der Steilküste stürzen? Oder welcher Mensch würde es fertig bringen, eine solche Tat an einem behinderten Mitmenschen auszuführen? Nein, nein, es war einwandfrei erwiesen: Manuela Trauwe war mit ihrem Rollstuhl allein auf dem Steilküsten-Wanderweg des „Brodtener Ufers" entlang gefahren, die Sonne hatte sie geblendet, sie war zu dicht an die Abbruchkante gerollt, und dann …, tja, dann war es passiert. Schrecklich für die Angehörigen und Freunde, aber Briegel wollte nicht mehr daran denken.

Er nahm auf seinem Schreibtischstuhl Platz, öffnete zunächst einmal seine private mail-box und fand eine Nachricht von seiner Tochter Linda, die in England ein einjähriges Praktikum absolvierte bei English Heritage, einer Gesellschaft, die sich um die Erhaltung von Denkmälern, Museen, Burgruinen und Ähnlichem im Lande kümmerte. Linda kam auf diese Weise viel herum auf der Insel und hielt ihren Vater stets auf dem Laufenden. Heute berichtete sie von dem

Besuch der eindrucksvollen Burgruine in Scarborough. Am Schluss erwähnte sie noch, dass es auch dort an der Steilküste vor einigen Jahren einen mysteriösen Todesfall einer jungen Rollstuhlfahrerin gegeben habe, wie jetzt gerade in Travemünde. Das hatte ihre Zimmerwirtin ihr erzählt, verbunden mit der Warnung, nicht zu leichtsinnig zu sein bei ihren Spaziergängen. Briegel stutzte. Merkwürdiger Zufall! Sollte er noch einmal in die Akte Trauwe schauen? Sich alle Zeugenvernehmungen durchlesen? Ach was, alles war gründlich untersucht worden. Ein Herr, der das Opfer nur flüchtig gekannt hatte, war sogar freiwillig aus Hamburg gekommen, um seine Aussage zu machen, auch er hatte nicht an Selbstmord geglaubt. Briegel schloss seine Mailbox und wandte sich dem Tagesgeschäft zu.

Jörg Kamenschmidt bekam einen Auftrag in Dänemark. Auf der Ostseeinsel Mön gab es Objekte, die lohnenswert waren, persönlich begutachtet zu werden. Es handelte sich um mehrere Ferienhäuser eines Investors, der in die Insolvenz gegangen war. Jörg wusste wohl um den geologischen Zusammenhang zwischen den beiden Inseln Rügen und Mön, gab es doch hier wie dort die gleichen zum Wasser hin steil abfallenden Kreidefelsen. Wieder spürte er die tief sitzende Abneigung, ja, fast so etwas wie Angst vor der Nähe von Steilküsten und gleichzeitig ihre für ihn magische Anziehungskraft. Er würde trotz allem dort hin fahren. Dieses Mal würde er es schaffen, das nahm er sich fest vor! Er wollte nicht lange bleiben, beschloss, sich auf keine neue Bekanntschaft einzulassen. Aber er hatte doch etwas Gutes getan, er hatte sie doch erlöst, so, wie seine Schwester sich selbst erlöst hatte!

Briegels letzter Arbeitstag begann mit der Entfernung des kleinen Plastikstückchens mit der Zahl Eins von der Seitenwand des Aktenschrankes. Die Schere brauchte er dafür nicht mehr. In einer Stunde würde der Party-Service die kalten Platten und den Sekt liefern, seine Frau würde helfen, alles nett zu arrangieren, aus allen Zimmern kämen die Kolleginnen und Kollegen, dann die Reden, die guten Wünsche und so weiter und so weiter…Klar, das war noch mal anstrengend und vor allem kostspielig, aber doch auch erfreulich! Schließlich beneideten ihn nicht wenige der Kollegen um seine dann andauernde Ruhe, sie mussten noch ein paar Jährchen rackern.

Der Noch-Kommissar sah sich eben die neuesten Meldungen im PC an, als ihm das Stichwort „Rollstuhl" ins Auge fiel. Er schaute genauer hin. Nein, nicht Lübeck, nicht Travemünde, sondern Dänemark. Auf der Insel Mön war eine junge Rollstuhlfahrerin von der Steilküste gestürzt und tödlich verunglückt. Wie es dazu kommen konnte, war noch nicht geklärt. Allerdings gab es eine Anfrage nach einem gewissen Jörg Kamenschmidt, der wäre zuletzt mit dem Opfer gesehen worden. Briegel sah aus dem Fenster. Dieser Mann damals, der extra aus Hamburg gekommen war um eine Aussage zu machen, hieß der nicht auch so ähnlich?

Ach nein, hier und heute endete sein Dienst! Briegel holte seine persönlichen Utensilien aus der Schreibtischschublade, verstaute sie in der Aktenmappe und ging in die Kantine.

Scarborough

Die alte Truhe

Bisher war alles glatt gegangen. Dort, wo er die Leiche abgelegt hatte, würde sie so schnell niemand finden. Wer käme denn schon auf die Idee, in der alten Geldkiste, die schon seit Jahrhunderten hier im Schloss Ahrensburg steht und nur durch ein äußerst kompliziertes Verriegelungssystem zu öffnen ist, einen Inhalt zu vermuten? Er hatte sich im letzten Jahr beim "Tag des offenen Denkmals" von einer kundigen Schlossführerin den Mechanismus erklären lassen. Bei der Gelegenheit erfuhr er auch, dass diese Truhe früher in der Eingangshalle stand, nun aber nirgends mehr so recht hinpasste und deshalb dort im Keller ein unbeachtetes Dasein fristete. Seiner Frau Jette hatte er versprochen, sie nach der heutigen Schlossführung in das Geheimnis dieses alten Möbelstücks einzuweihen. So war sie ihm arglos in den Keller gefolgt ohne zu ahnen, dass sie niemals wieder von dort zurückkehren würde. Oder doch? Hatte er ein Geräusch gehört, das wie das Klicken einer Kamera klang? Waren sie vielleicht von jemandem beobachtet worden? Ach was, da war niemand, dessen ist Markus sich sicher. Er triumphiert: Nein, nie würde sie zurückkehren, weder zu ihm, noch zu ihren diversen Liebhabern, weder zu ihren Whiskyflaschen, noch zu ihrem Bankkonto. Das war noch das Allerbeste an seinem sorgfältig ausgeklügelten Plan: ihr Bankkonto!

Markus kann sich auf dem Weg zu den Toiletten, die er

plötzlich dringend aufsuchen muss, ein Grinsen nicht verkneifen. Ja, sein Plan! Erstmal würde niemand seine Gattin Jette vermissen, denn sie hatte schon wieder eine Reise vorbereitet, um sich in einem italienischen Badeort von Kosmetikerinnen, Frisören, Masseuren und dergleichen umschwärmen und verwöhnen zu lassen. Solche Ausflüge trat sie am liebsten allein an, denn sie wollte ihre Ausschweifungen mit niemandem teilen, schon gar nicht mit einer Freundin, die schnell zur Nebenbuhlerin hätte werden können. Doch Markus wusste schon lange, was seine Frau alles glaubte, sich erlauben zu können. Trotzdem hing sie weiter an ihm, denn er war ein hübscher Junge, den man gut als Aushängeschild benutzen konnte, und er wiederum hing an ihrem unerschöpflichen Bankkonto, welches sie ihrem ersten Ehemann verdankte. Das Ahrensburger Schloss hatte ihm unvermutet den Weg zur Lösung des Problems gewiesen. Gut, dass Jette alte italienische Möbel liebte, von denen es hier einige hübsche Exemplare gab, so konnte er sie überreden, ihm zu einer Besichtigung folgen. Der Rest war relativ einfach gewesen. Erst die Spritze, dann die Truhe.

Als Markus erleichtert und erfrischt die sanitären Anlagen verlässt und die Treppe ins Erdgeschoss hinauf steigt, fällt ihm sofort die ungewohnte Stille auf. Hinter dem Tresen am Eingang steht keine freundliche Dame mehr, die Truhe mit den Filzpantoffeln ist geschlossen, der Kronleuchter erloschen, die Tür verriegelt. Oder knarrte im Gartensaal noch eine Diele? Nein, das war sicher eine Täuschung. Durch die hohen Fenster dringt noch ein wenig Tageslicht. Ein Blick auf die Uhr sagt Markus, dass dies nicht mehr lange dauern würde, jetzt im November geht bereits am Nachmittag die Sonne unter. Neugierig sieht er sich in der Eingangshalle um.

Keine Menschenseele! Er rüttelt an der großen Eingangstür, - ohne Erfolg. Markus ist eingesperrt. Macht nichts, eigentlich gehört auch das zu seinem Plan: Er wollte sowieso noch ein wenig die Schlossatmosphäre genießen, ganz allein, ohne das störende Geplapper von Jette und all den anderen Besuchern.

Ja, schon als kleiner Junge hatte er sich oft gewünscht, einmal auf eigene Faust durch ein großes Schloss zu wandern, zu laufen, zu geistern, an Ritterrüstungen zu rütteln, alte Schränke und Truhen zu öffnen, auf vornehmen Stühlen zu sitzen, den ehrwürdigen Gemälden an den Wänden die Zunge heraus zu strecken. Heute war nun endlich die Gelegenheit dazu, wobei er das mit der Zunge nicht mehr so erstrebenswert fand. Hinzu kommt die Genugtuung, noch für ein paar Stunden Jettes Gegenwart spüren zu können, die nun für immer verstummt war. Ach ja, Schadenfreude ist doch nach wie vor die schönste Freude!

Markus verlässt die Eingangshalle und betritt das Schreibzimmer der einstigen Schatzmeisterin mit dem schönen Namen Caroline Tugendreich, die im blühenden Alter von 16 Jahren Heinrich Carl Schimmelmann geheiratet hatte, man schrieb das Jahr 1746. Markus kennt sich aus. Gerade, als sein Blick auf das Wandbild der Gräfin fällt, trötet sein Mobiltelefon. Nummer unterdrückt! Auf sein fragendes „Hallo?" ertönt ein Rauschen und Knistern, dann, nach einem Räuspern, eine knarzige Männerstimme: „Ich, Peter Rantzau, Erbauer dieses Hauses, ermahne dich! Du hast unsere Gemächer besudelt. Nimm diese Schmach von uns!" Noch ehe Markus über eine Antwort nachdenken kann, reißt die Verbindung ab, ein unangenehmer Pfeifton bleibt. Er starrt sein Telefon an, sieht sich im Zimmer um, hält sich das Handy noch einmal ans Ohr, nichts! Hat er richtig gehört? Peter Rantzau? Wer zum Teufel ist das? Erbauer? Ja, stimmt, aber das war ja wohl schon 400 Jahre her, wie Markus irgendwo gelesen hatte. Wer spielte ihm diesen Streich? Oder hatte er sich die Stimme nur eingebildet? Mit schnellen Schritten verlässt er das Zimmer. Nebenan findet er zwei goldverzierte Stühle, die er zur Erholung von seiner Verblüffung nutzen will. Er rückt sie zurecht, lässt sich auf dem einen nieder, legt seine Füße auf den anderen in dem schmunzelnden Bewusstsein, dass so etwas niemals irgendeinem Schlossbesucher erlaubt wäre. Während er die kunstvollen Scherenschnitte an der Wand betrachtet, ertönt sein SMS-Signal. Unterdrückter Absender. Markus liest folgende Botschaft: „Die schwarze Margarethe hat viele Schuldige vom Leben zum Tode befördert. Auch dich wird sie nicht verschonen!" Er liest ein zweites und ein drittes Mal. Was bedeutet das? Schwarze Margarethe? Keine Ahnung! Sicher hat sich jemand in der Nummer geirrt. Einfach löschen!

Ich wollte doch Ritterrüstungen finden und alte Schränke öffnen, überlegt Markus, steht auf und verlässt das Silhouettenkabinett. Aber auch im Turmzimmer findet er nicht das, was er sucht. Angekommen im Gartensaal, betrachtet er gedankenverloren den kostbaren Mahagonischreibtisch. Ja, den hätte Jette gern gehabt, natürlich nicht als Schreibtisch, wann schrieb sie schon mal? Nein, zum Angeben hätte sie ihn in den Wintergarten gestellt, damit man ihn auch von draußen gut sehen konnte. Tja, meine Liebe - zu spät, zu spät…

Wieder das Handy! Verdammt, sollte er es abstellen? Aber nein, könnte doch wichtig sein! Wieder keine Nummer! Markus zögert, doch die Neugier siegt: Rauschen, Pfeifen, Knistern. Dann die schon gehörte Männerstimme: „Ich, Heinrich

Carl Schimmelmann, werde Rache üben! Die Sklaven brachten mir Reichtum, dich werde ich zum Sklaven deiner selbst befördern!" Aus! Verbindung abgebrochen. Herr Gott! Was sollte das? Markus setzt sich auf einen der rot gepolsterten Besucherstühle und starrt zum Kronleuchter. Hier will ihn jemand ganz mächtig vergackeiern! Aber wer? Wem hat er etwas von seinem heutigen Ausflug erzählt? Doch niemandem? Oder doch? Markus denkt nach, allerdings ohne Erfolg. Allmählich bereut er seinen Entschluss, in diesem Schloss die Nacht verbringen zu wollen. Aber wer könnte ihn denn hier heraus holen? Die Schlossverwaltung anzurufen hätte sicher keinen Sinn, dort würde doch nur der Anrufbeantworter anspringen. Im Übrigen sollte sowieso niemand erfahren, dass er überhaupt hier war wegen des kleinen Geheimnisses, das die Truhe im Keller in sich trug. Natürlich würde es eines Tages ans Tageslicht kommen, aber er wäre dann längst weg, weg aus Deutschland, gewissermaßen über alle Berge. Und niemand könnte nachvollziehen, ob er heute einer der Schlossbesucher gewesen war. Deshalb wäre es ein großer Fehler, wenn er sich jetzt irgendwo meldete.
Wohl oder übel muss er durchhalten. Draußen ist es inzwischen dunkel. Notleuchten weisen ihm den Weg, durch einige Fenster scheint bereits der Vollmond herein, sein Handy hat außerdem eine Taschenlampenfunktion, die Markus nun einschaltet. Seine Neugier auf Altertümlichkeiten hat sich inzwischen gelegt, die merkwürdigen Telefonate zerren an seinen Nerven, eigentlich will er nur noch ein Plätzchen zum Schlafen. Aber es muss schon ein bisschen versteckt sein, damit er nicht in aller Frühe vom Reinigungspersonal oder sonst wem entdeckt werden würde.
Markus durchquert den Gartensaal und findet sich in der

Eingangshalle wieder. Ach da, die Treppe! Er weiß, dass dort oben in einem größeren Raum ein wunderbares himmelblaues Sofa steht. Das gehörte einst einer der schönen Töchter des alten Schimmelmann. Dort würde er Ruhe finden. Doch gerade als er den Fuß auf die erste Treppenstufe setzt, erschreckt ihn erneut sein Mobiltelefon. Nein! Dieses Mal nicht! Soll es weiter tuten, er ist nicht erreichbar. Bestimmt wieder die Nummer unterdrückt, oder? Nein, es ist sein Freund Stefan. Was will der jetzt? Markus hatte ihm deutlich zu verstehen gegeben, dass er heute keine Zeit mehr hätte und für niemanden zu sprechen sei. Es muss also schon sehr wichtig sein, wenn Stefan trotzdem versucht, ihn zu erreichen. Markus drückt die entsprechende Taste: „Hallo Stefan, was gibt's?" Aber nicht die vertraute Stimme des Freundes antwortet, sondern wieder dieses rätselhafte Knistern und Rauschen im Äther. Ärgerlich will Markus die Aus-Taste drücken, doch irgendetwas lähmt seinen Finger. Er muss folgendes hören: „Hier spricht Edgar Wallace. Die seltsame Gräfin hat dich verraten! Die toten Augen von London haben dich beobachtet! Der grüne Bogenschütze wird auch dich erlegen!" Knacks, Piep, ein Pfeifen, Ende der Durchsage. Wer zum Teufel ist das? Markus rennt die Treppe hinauf. Er möchte möglichst schnell einen Sitzplatz erreichen um in Ruhe nachdenken zu können. Hat jemand sein Handy präpariert? Edgar Wallace, Edgar Wallace,… ach ja, da gab es doch diese Kriminalfilme in den 60ger-Jahren, von denen sein Vater gern erzählte. Einige davon sollen ja teilweise hier gedreht worden sein.
Allmählich glaubt Markus, dass sein angekratztes Nervensystem ihm einen Streich spielt, dass dieses Schloss seine Phantasie allzu sehr anregt, dass die Sache mit Jette doch nicht so

spurlos an ihm vorüber gegangen ist. Aber vielleicht hat ihn jemand im Keller beobachtet? Stand hinter einem Mauervorsprung? Wollte ihn jetzt erstmal mürbe machen und dann erpressen? Ja, das wird es sein! Erpressen! Hier ist noch jemand im Haus, der ihn verfolgt, der ihn anruft, der ihn quält! Aber woher weiß der seine Nummer? Oder ist es ein Bekannter? Hat Stefan damit etwas zu tun? Markus überprüft noch einmal den letzten Anruf, den vom angeblichen Edgar Wallace. Nein, es war doch nicht Stefans Nummer, nur eine ähnliche, sie unterschied sich lediglich durch eine Ziffer. Dort wird er gleich anrufen.

Doch zunächst hastet Markus die breite Eichenholztreppe hinauf, vorbei an all den Schimmelmann'schen Porträts von schönen Frauen und mutigen Männern und erreicht endlich das himmelblaue Sofa im so genannten Emkendorf-Saal. Ein Schwindel erfasst ihn. Er hätte jetzt gern ein Glas Wasser, noch besser wäre ein Whisky. Der liegt jedoch gänzlich außer Reichweite, während er für einen Schluck Wasser lediglich wieder in den Keller hinabsteigen müsste. Doch dazu fühlt sich Markus jetzt absolut nicht in der Lage. Erstmal lässt er sich auf das kostbare italienische Sitzmöbel fallen in der Hoffnung, hier Ruhe zu finden. Doch weit gefehlt! In dem Moment, als er seinen Rücken gegen die Armlehne dreht, um die Beine auf die Sitzfläche zu schwingen, ertönt ein grässlichschriller Ton. Alarm!

Alarm? schießt es Markus durch den Kopf. Dieses verdammte Sofa! Seit wann haben die hier eine Alarmanlage? Doch noch ehe er sich weiteren Überlegungen hingeben kann, hört er Schritte auf der Treppe! Markus springt auf, sucht einen Ausweg. Die Telefongespräche! Er ist verloren! Sie wissen alles! Sie waren auch schon im Keller! Peter Rantzau ist der grüne Bogenschütze, die schwarze Margarethe ist die seltsame Gräfin, die toten Augen von Jette haben ihn verraten! Der Schwindel hält an. Markus rennt zum Fenster. Die Schritte auf der Holztreppe werden immer lauter, Stimmen sind zu hören. Dann ein grelles Klirren.

Der Schlossvogt kommt zu spät. Markus hat mit einem verzweifelten Sprung das mittlere Fenster des Saales durchbrochen. Auf der Schlossgrabenbrücke verliert sich das viele Blut in den sandigen Fugen der Pflastersteine.

Wasserschutz

I.

Morgen werde ich entlassen! Endlich haben sie es begriffen! Mich hier so lange fest zu halten! Bloß, weil ich sie immer beschützen wollte. Ich wollte die kleinen Mädchen doch nur beschützen! Damit ihnen nicht dasselbe passiert wie meinem kleinen Mädchen. Nur, dass mein „kleines Mädchen" meine Schwester war. Ja, meine kleine Schwester, mein kleiner Engel.

Sie war damals doch erst fünf Jahre alt! Und sie konnte noch nicht schwimmen, das wussten alle, auch Sven wusste das! Und trotzdem hat er sie gehen lassen. Ja, einfach laufen gelassen hat er sie, und sie tauchte nie wieder auf! Doch, ja, sie tauchte wohl wieder auf, aber erst viele Tage später, und weit entfernt von dem Freibad am Schulsee. Ihre langen blonden Locken hatten sich im Schilf verfangen, und, wie zum Hohn, erblickte man genau gegenüber der Fundstelle die idyllische Silhouette unserer kleinen Stadt Mölln. Und Sven hat natürlich viele Male versichert, dass es nicht seine Schuld war, dass er sie gar nicht angefasst habe, dass sie von ganz allein ins Wasser gelaufen sei, dass er gar nichts sah, dass sie nicht auf ihn hörte und so weiter und so weiter! Und doch war es seine Schuld! Ich wusste das ganz genau, denn er hat mir mal gesagt, dass sie ihn nervt, weil sie immer so viel quengelte und immer mit uns mit wollte und immer alles haben musste.

Ja gut, wir waren damals erst fünfzehn und wollten oft ungestört sein. Aber sie war ein Engel, ein richtiger kleiner Engel mit blonden Locken und großen blauen Augen und einem Grübchen im Kinn. Und ich hatte die Verantwortung. Ja, ich hatte die Verantwortung, weil meine Mutter einfach abge-hauen war. Einfach abgehauen! Von einem dreizehnjährigen Sohn und einer dreijährigen Tochter! Ja, so war meine so genannte Mutter. Und da hatte ich eben die Verantwortung, wenn der tüchtige Papa nicht da war. Und ich habe immer, immer aufgepasst! Nur einmal nicht. Weil ich dachte, Sven ist mein bester Freund, Sven kann das genauso gut. Aber nein, Sven konnte es nicht, er wurde zum Mörder meiner kleinen Sarah, und warum? Nur, weil ich schnell Eis holen wollte für uns drei, ja, nur drei Eis wollte ich holen! Schließlich war es mein fünfzehnter Geburtstag! Wer ahnte denn, dass dort am Kiosk so eine lange Schlange stand? Alle wollten Eis holen, klar, war ja auch heiß, ein schöner Sommertag, - damals - vor 10 Jahren! Und dann hat Sven nicht aufgepasst, und sie ist ertrunken.

Nein, nein, hat er geschrien, ich habe keine Schuld! Sie ist einfach weg gelaufen! Ich wusste das gar nicht, ich habe es nicht gemerkt! Auf einmal saß sie nicht mehr auf ihrem bunten Handtuch, es war leer! Ich konnte nichts dafür! Ich habe es nicht gesehen! Er schrie und schrie, - und ich auch. Und deshalb musste ich doch die anderen kleinen Mädchen beschützen! Ich habe sie nur an die Hand genommen und bin mit ihnen weit weg gegangen vom Wasser, damit ihnen nichts passiert. Aber dann kamen immer Leute und haben gepöbelt und gebrüllt, ich soll ihnen ihr Kind wiedergeben. Dabei wollte ich es doch nur beschützen! Das haben sie aber nicht verstanden, keiner hat das verstanden. Und dann hat einer gesagt, ich bin ja verrückt, und da haben sie mich hier eingesperrt. Aber morgen komme ich raus, und ich weiß schon genau, was ich dann mache.

II. Ich habe Theo aus der Klinik in Borstel abgeholt. Wer hätte es sonst tun sollen? Sein Vater ist inzwischen gestorben. Wenn man genau hinsah, merkte man, dass der alte Mann den Tod seiner kleinen Tochter niemals richtig verwunden hatte. Wer kann das besser verstehen als ich? Nein, mir gab er keine Schuld, ich hatte immer das Gefühl, dass er meinen Beteuerungen glaubte. Aber Theo, seinem eigenen Sohn, dem hat der Vater insgeheim Vorwürfe gemacht. Ich meinte es manchmal in seinen Augen zu lesen, wenn mal wieder von dem „kleinen Engel", wie sie Sarah immer nannten, die Rede war. Sein Blick streifte Theo zunächst flackernd, um erst wieder zurückzukehren, wenn Theo die Lider senkte, und ihn dann tiefschwarz zu brandmarken. Es waren nur kurze Momente, aber ich hatte sie oft erlebt. Und als Theo dieses schreckliche Verhalten, dieses „Beschützer-Syndrom" gegenüber kleinen Mädchen entwickelte, wusste der verzweifelte Vater gar nichts mehr mit seinem Sohn anzufangen. In den zwei Jahren in der Klinik hat er ihn wohl nur zweimal besucht. Sein Tod scheint Theo denn auch nicht sonderlich erschüttert zu haben. Sie ließen ihn an der Beerdigung des Vaters teilnehmen, natürlich in Begleitung. Wir drückten uns kurz die Hand, es floss keine Träne. Ich habe mich um die weiteren Formalitäten gekümmert, und Theo dankte es mir. Und ich bin mir ganz sicher, die alte Geschichte zwischen uns, die Schuld, die keine war, ist verziehen und begraben. Die Therapie, die Medikamente und vielleicht auch der Tod des Vaters haben Theo verändert. Er kann jetzt unbelastet mit mir reden, auch über die Vergangenheit, und mir dabei in die Augen sehen.

Wir tauschen wieder Jugenderinnerungen aus, ohne dass wir plötzlich ins Stocken geraten. Und, - das wichtigste Ergebnis: Theo kann an kleinen blonden Mädchen vorbei gehen ohne sie „beschützen" zu wollen, ja, er kann sie sogar „übersehen". Es macht ihm nichts mehr aus, die Ärzte in der Klinik haben ihm wirklich geholfen. Allerdings muss er noch seine Medikamente nehmen und regelmäßig zur Gruppentherapie erscheinen, wie er mir gleich bei seiner Entlassung mitteilte. Aber dazu hat er den festen Willen, und selbstverständlich werde ich ihn unterstützen. Er konnte sogar als Bote in einer Firma in Ratzeburg anfangen, - besser als gar nichts -, hat er gesagt und sich riesig gefreut.

Meine Frau mag ihn auch, und erst unsere kleine Elena! Sie ist unser ganzer Stolz! Mit ihren drei Jahren ist sie bereits eine zielstrebige kleine Person. Die dunklen Augen und die schwarzen Locken hat sie von meiner Frau, vielleicht auch das Selbstbewusstsein. Theo war zuerst ein bisschen unsicher, klar! Er sah immer wieder zu uns herüber, wenn er mit ihr spielte, aber das hat sich bald gegeben. Es war eine Freude mit anzusehen, wie er Elena ins Spiel verwickeln konnte, so dass sie alles um sich her vergaß. Meine Frau und ich sahen uns schweigend an und lächelten.

III. Wir haben einen Kurzurlaub gemacht. Sven hatte mich nicht nur eingeladen, sondern regelrecht darum gebeten mit zu kommen. Seine Frau war ein bisschen überlastet, wollte sich erholen, wollte lieber allein zu Hause bleiben. Ich sollte Sven begleiten, ihm ab und zu die Kleine abnehmen, weil sie so gern mit mir spielte. Natürlich, klar, sagte ich, nichts lieber als das! Montag müssen wir aber wieder zurück sein, Urlaub ist für mich noch nicht drin. Es war ein kleines Hotel am Behlendorfer See. Idyllisch, ruhig, großer Kinderspielplatz, familienfreundliches Personal. Mein Zimmer war mit Seeblick, genau, wie hier, nur, dass es größer war. Wir hatten viel Spaß, Elena und ich. Sven überließ sie mir immer häufiger, sie ist klug für ihr Alter, man kann sich schon ganz gut mit ihr unterhalten.

Aber sie ist nicht der kleine Engel, den ich damals zu beschützen hatte, nein, der ist sie nicht! Ihre dunklen Augen können Funken sprühen, wenn sie mal wieder ihren Willen durchsetzen will. Ja, und ins Wasser will sie immer gern. Manchmal ließ sie meine Hand einfach los und rannte jauchzend immer tiefer hinein, immer tiefer! Wenn ich sie dann endlich erwischt hatte, warf sie sich lachend in meine Arme. Und deshalb wollte ich ihr das Schwimmen beibringen, doch Sven meinte, sie sei noch zu klein, das hätte noch Zeit. Dabei guckte er mich so komisch an. Und ich spürte es plötzlich, spürte, dass es nicht weg war.

Als Sven nach dem Essen im Liegestuhl döste, liefen wir beide los. Das Wasser war kühler als gestern, doch sie lachte nur: Ja, schwimmen lernen! Die Tiefe lockte. Dann habe ich sie in meinen Armen gehalten. Sie wurde immer schwerer. Plötzlich verlor ich all meine Kraft an den samtigen Grund. Ich hörte, wie er dieses dunkle Kind rief. So bettete ich es auf die glatte Decke des Sees, und es wurde liebevoll aufgenommen.

Ob Sven mich wohl morgen hier in der Klinik besucht?

Der Tote am Bahnhof

Der 17-34-Regionalzug aus Hamburg spuckt auch heute wieder, wie an jedem Werktag, eine Menge Leute aus auf dem Bahnhof der kleinen Stadt Reinfeld im Holsteinischen. Großes Gepäck haben nur wenige, lediglich Aktenkoffer, großräumige, aber schicke Handtaschen, kleinformatige Rucksäcke. Sie tragen Anzüge, Kostüme, Hosenanzüge, auch Designer-Jeans und Blazer. In ihren Gesichtern liest man Erschöpfung, Leere, ein vergessenes Stirnrunzeln, ein gefrorenes Lächeln. Täglich verlassen sie morgens diesen Ort, um ihrer Arbeit in der nahe gelegenen Metropole Hamburg nachzugehen, täglich kehren sie am Abend wieder heim, um den Rest des Tages im Kreise der Familie oder auch allein zu verbrauchen. Pendler nennt man diese Art Arbeitnehmer, oder auch „Berufspendler". Nun ergießt sich die Menge auf den einzigen Bahnsteig der Kleinstadt und strebt einmütig auf das dunkle Loch zu, das die Treppe hinab birgt. Unter den Gleisen durch einen finsteren Gang, die gegenüberliegende Treppe hinauf, dann hat man endlich den Ausgang erreicht. Nichts für Rollstuhlfahrer oder Mütter mit Kinderwagen. Aber die sind wohl nicht in Hamburg berufstätig.
Die ersten Ankömmlinge haben schon den Treppenabgang betreten, werden von Eiligeren überholt. Hier und da flattern kurze Grüße hin und her, man hastet weiter. Doch plötzlich stockt der Strom. -Was ist denn? - Kann ich mal vorbei? - Ey, ich hab's eilig! - Mann! Mach doch mal Platz! - Und

dann, mitten in diese Ungeduld hinein ein greller Schrei: „Der ist tot!" Augenblicklich verstummen die ärgerlichen Ausrufe. Das dumpfe Treppenloch scheint sich noch mehr zu verdunkeln, Beklemmung breitet sich aus. Doch schon wenige Augenblicke später folgen sich überstürzende Fragen: - Wer ist tot? - Wo denn? - Ist das ein Witz? - Was soll denn das? - Kennen Sie den? - Blutet der? — Allerdings, diejenigen, die zuerst am Treppenabsatz ankamen und den dort verkrümmt liegenden Menschen sahen, sind stumm vor Entsetzen.
Einer von ihnen, Karl Weirich aus dem Buchenweg, hatte ihn aus Versehen mit dem Fuß angestoßen, wäre fast über ihn gestolpert, konnte im letzten Moment ausweichen. Plötzlich eine energische Männerstimme, die den Geräuschpegel mühelos übertönt: „Warten Sie! Fassen Sie ihn nicht an! Lassen Sie mich durch!" Dr. Kröser versucht sich an der Menge vorbei zu drängen die Treppe hinab. Ihm wird bereitwillig Platz gemacht, denn die meisten Reinfelder kennen ihn, er ist ihr Hausarzt, hat seine Praxis in der Bergstraße. Zu den Pendlern gehört Dr. Kröser also eigentlich nicht, doch heute ist Mittwoch, da haben bekanntlich alle Arztpraxen nachmittags geschlossen. Dr. Kröser jedoch sperrt seine Praxis den gesamten Mittwoch über zu, fährt schon morgens um 8.12 Uhr nach Hamburg und kehrt nachmittags wieder zurück - jeden Mittwoch - seit einem halben Jahr. Böse Zungen behaupten, dass das etwas mit seiner bevorstehenden Ehescheidung zu tun hat, wohlwollende, dass er an einer Fortbildung teilnimmt.
Die Reisenden treten bereitwillig zur Seite, um den Arzt passieren zu lassen. Am Fuß der Treppe angekommen, kniet er sich sogleich auf den Boden neben die leblose Gestalt und tastet vorsichtig nach deren Halsschlagader. Die Umste-

henden schweigen ehrfürchtig, einige halten den Atem an.
Dr. Kröser zieht seine Hand zurück und schüttelt den Kopf. Dann erhebt er sich und murmelt: „Exitus! Nichts mehr zu machen." Wieder aufgeregtes Durcheinanderreden, dieses Mal leiser, ratloser. Doch der Mediziner hatte sich schnell gefasst. Er zieht sein Handy aus der Tasche, steckt es jedoch gleich wieder ein und ruft: „Kann mal einer nach oben gehen und einen Notruf absetzen? Ich hab' hier kein Netz!" Nun stürmen mehrere Personen gleichzeitig durch den Gang zur Ausgangstreppe.
Wer letztlich die Polizei erreicht hatte, war nicht mehr festzustellen. Klar war allen von vornherein, dass es eine gute Weile dauern würde, bis die Gesetzeshüter eintrafen, denn die Kleinstadt hatte seit ungefähr drei Jahren schon keine eigene Polizeidienststelle mehr. Sparmaßnahmen! So musste man jedes Mal auf Hilfe aus der Kreisstadt Bad Oldesloe warten. Daher löste sich die Menge am Bahnhof allmählich auf, wollte dieser Unannehmlichkeit aus dem Weg gehen, dieses schreckliche Bild möglichst schnell verdrängen, um es nicht mit in den Feierabend zu nehmen. Nur Dr. Kröser und, auf dessen Geheiß, Kurt Weirich blieben am Fundort bis ein Notarztwagen und zwei Polizisten eintrafen. Der Arzt konnte Krösers Feststellung nur noch bestätigen, dann fuhr er wieder davon. . Die Polizisten ließen sich den Sachverhalt schildern, wobei es ja nicht viel zu schildern gab, ließen sich mehrmals versichern, dass der Tote nicht unter den Fahrgästen gewesen sei, was die beiden Männer jedoch auch nicht hundertprozentig wussten, es aber glaubten. Schließlich schien er schon da gelegen zu haben, bevor der Zug ankam, und beide hatten diesen Mann hier in Reinfeld noch nie gesehen. Dann durften auch sie nach Hause gehen. Sie hörten

noch, wie ein Polizist telefonisch die Spurensicherung anforderte.
Der Tote am Bahnhof sorgte erwartungsgemäß in der kleinen Stadt für große Unruhe. Zwei Kripo-Beamte aus Lübeck reisten an und vernahmen nach und nach viele der Pendler zu dem Vorfall. Dazu waren sie gleich am folgenden Morgen um 7.12 Uhr in Reinfeld in den Zug nach Hamburg gestiegen um Befragungen durchzuführen. Und am Nachmittag erwarteten sie den 17-34-Zug an dem Kleinstadtbahnhof um noch weitere Personen als Zeugen ausfindig zu machen. Überdies klebten an mehreren Stellen der Stadt Aufrufe, sich zu melden, falls jemand zu der vermutlichen Tatzeit etwas Verdächtiges oder etwa das Opfer selbst gesehen hatte. Allerdings war auch noch nicht erwiesen, dass es sich um ein Gewaltverbrechen handelte. Doch es gab keine Hinweise, die hätten weiter helfen können, außer vielleicht folgender Beobachtung, die fast alle Vernommenen gemacht hatten: Seit ungefähr zwei Wochen saß auf der Sitzbank des Bahnsteigs häufig eine Frau. Zunächst fiel sie niemandem auf. Sie mochte so um die fünfzig Jahre alt sein, die blonden Haare adrett frisiert, dezent geschminkt. Gekleidet mit einem dunkelblauen Regenmantel, hatte sie stets eine schicke graue Handtasche dabei. Sie saß einfach nur da, starrte vor sich hin, dann verschwand sie im Laufe des Tages wieder. Wann genau, wusste keiner. Diejenigen, die spätere Züge nahmen, meinten, sie sei immer so gegen 9 Uhr gekommen. Niemand kannte sie, alle glaubten, sie sei keine Reinfelderin, keiner der Befragten hatte sie je in der kleinen Stadt gesehen. Hatte sie etwas mit dem Toten zu tun?
In der Zeitung war drei Tage später zu lesen, dass es sich bei dem Opfer um einen leitenden Angestellten aus der

Hamburger Gastronomie handelte, 53 Jahre alt. Der Mann war die Treppe hinunter gestürzt und hatte sich das Genick gebrochen. Das war bei der Obduktion heraus gekommen. Der Tod war etwa gegen 16 Uhr eingetreten, also bei Tageslicht. Alkohol oder Drogen konnten nicht nachgewiesen werden. Welcher gesunde Mann stürzt in nüchternem Zustand bei Tageslicht eine gut zu erkennende Treppe hinunter? Rutschgefahr bestand an dem Tag nicht, es hatte nicht geregnet. Gewalteinwirkung konnte vielleicht doch irgendwie im Spiel sein, jedenfalls war das die Meinung der Reinfelder Einwohner. Und dann gaben die Pendler der Polizei noch den Hinweis, dass die seltsame Frau nach diesem Vorfall nicht mehr auf dem Bahnsteig gesessen hätte.

Im Zentrum von Reinfeld gibt es seit zwei Jahren ein Spezialitäten-Restaurant, welches von einer tüchtigen, attraktiven jungen Frau geleitet wird, Sybille Anholt. Sie kommt aus Hamburg, hat hier gastronomische Erfahrungen gesammelt, ist weit gereist, beschickt Märkte mit hausgemachten Delikatessen und bietet ihren Gästen stets ein charmantes Lächeln und ein offenes Ohr. In ihrem Restaurant war der Vorfall am Bahnhof natürlich schnell Gesprächsthema. Ebenso in der einzigen Buchhandlung in Reinfeld, die sich schräg gegenüber von dem Restaurant neben der Eisdiele befindet. Denn plötzlich bekamen sonst völlig unauffällige und alltägliche Begebenheiten in dieser kleinen Stadt eine andere Dimension, erfuhren neue Interpretationen: Hatte nicht der Pastor neulich einen Krimi gekauft? Warum kam die Frau vom Stadtkämmerer eigentlich nicht mehr, um für ihre Kinder Schulartikel zu holen? Und wo blieb die kürzlich eingestellte Erzieherin in der städtischen Kindertagesstätte? Die war wohl schon wieder rausgeflogen! Und dann dieser merkwürdige Mann da drüben vor dem Restaurant von der tüchtigen Sybille Anholt! Wieso stand der da schon seit Tagen auf der Straße rum und guckte durch die Scheiben? Lief zwischen den draußen aufgestellten Tischen und Stühlen hin und her? Sollte er doch einfach reingehen und fragen, wenn er etwas wissen wollte! Seine gepflegte Kleidung ließ zwar nicht gerade auf Armut schließen, aber vielleicht konnte er sich ein Essen dort trotzdem nicht leisten?

Manchmal musste die Chefin der Buchhandlung ihre angestellten Damen direkt ermahnen, von der Schaufensterscheibe zurück zu treten und ihrer Arbeit nachzugehen. Und als einer der Kripo-Beamten den Laden betrat, um auch hier Befragungen durchzuführen, rückte Frau Jepsen mit der Beobachtung des Mannes heraus.

Dann klärte sich doch noch alles ganz schnell auf: Frau Jepsen hatte aufmerksam die Zeitungen studiert und festgestellt, dass der Tote am Bahnhof irgendwie Ähnlichkeit hatte mit dem Restaurant-Steher. Auch vom Alter kam es hin. Und als die Witwe des Opfers in Hamburg zur Identifikation in der Pathologie erschienen war, fiel dem diensthabenden Beamten ihr dunkelblauer Regenmantel auf und ihre schicke graue Handtasche. Auch die restliche Personenbeschreibung, die die Reinfelder von der Frau auf dem Bahnsteig abgegeben hatten, passte auf die Hinterbliebene.

Eine Woche später stand es in der Zeitung: Jan Mühlhens, der Hamburger Gastronomieangestellte, das Mordopfer, hatte sich bei einer Hotelfachmesse in Frankfurt unsterblich verliebt in die Reinfelder Restaurantchefin Sybille Anholt. Bei den verschiedenen Meetings suchte er ihre Nähe, am abendlichen Büffet bot er ihr seine Hilfe an, danach lud er sie an der Bar ein zu dem beliebten „Absacker". So hatte er in lockeren Gesprächen erfahren, wo sie lebte, was sie beruflich tat, aber auch, dass sie eine harmonische Ehe führte. Sybille Anholt merkte selbstverständlich, was dieser Mühlhens von ihr wollte, doch sie ignorierte seine Annäherungsversuche auf ihre charmante Art und gab ihm keinen Anlass, auch nur die geringste Hoffnung auf Erfolg zu schöpfen. Trotzdem war es um Jan Mühlhens geschehen! Nach der Messe versuchte er immer wieder, sich seiner Angebeteten ins Gedächtnis zu bringen, indem er nach Reinfeld fuhr, vor ihrem Restaurant herumstand und sich bemühte, einen Blick von ihr zu erhaschen. Sybille hatte sich auch hiervon nicht beeindrucken lassen, hatte sie doch genug mit ihren Gästen zu tun.Umso mehr jedoch die Gattin des Herrn Mühlhens. Sie wusste inzwischen genau, wo ihr Jan sich aufhielt, wenn er weder zu Hause noch in seinem Lokal war. Also machte sie sich ebenfalls auf den Weg in die Kleinstadt, allerdings mit dem Auto. Sie erkundete die Örtlichkeiten, fand in der Bahnhofstreppe ein geeignetes Hilfsmittel und fasste einen Plan. Da sie nicht genau wusste, wann ihr Mann kommen würde, wartete sie eben ein paar Tage auf der einzigen Sitzbank des Bahnsteigs…

Schwarz-Weiß

Konditormeister Prellmann möchte sich endlich selbständig machen. Schon lange träumt er von einem gemütlichen Ladenlokal mittlerer Größe, möglichst an einer Straßenecke von Lauenburg gelegen, sodass die Gäste - und auch er – die Möglichkeit haben, durch die Fenster in zwei verschiedene Richtungen zu schauen. Sein Café sollte nur in Schwarz-Weiß gehalten sein, dabei schweben ihm Tortenspitzendeckchen als Wanddekoration vor, großformatige Schwarz-Weiß-Fotos von berühmten Eckhäusern in allerlei Großstädten der Welt und, damit die Gäste in Frühstückslaune kommen, Bilder mit unterschiedlichen Brot- und Brötchensorten. Dabei soll die Struktur der Krume in Großaufnahme möglichst gut zu erkennen sein. Das Mobiliar wird sich aus weißen Holzstühlen mit schwarzen Lederpolstern, weißen Marmortischen auf schwarzen Beinen und einer mit schwarzem Samt ausgeschlagenen Sesselecke, weißes Leder, zusammensetzen. Die Torten, Kuchen, Pralinen und Schokoladen wird nur er allein kreieren, vielleicht mit ein oder zwei Mitarbeitern, die er in seine Geheimnisse einweiht unter dem Siegel der ewigen Verschwiegenheit. Zum Frühstück werden neben erlesenen Schinken- und Käsesorten auch Lachsschnittchen sowie handgerührte Fruchtaufstriche und aromatisierter Imkerhonig gereicht. Ja, so soll es sein!
Am 21. März 2007, einem Mittwoch, geht Prellmann zu der Bank seines Vertrauens, das ist die Lauenburger Volksbank.

Er wünscht, Bankdirektor Heitmann persönlich zu sprechen, bekommt jedoch die Auskunft, dass der zum Einkaufen außer Haus sei. Na gut, dann eben der Stellvertreter, Herr Schmidt. Prellmann nimmt in einem Ledersessel Platz an dem Tisch im hinteren Bereich des Schalterraumes, der für Beratungsgespräche gedacht ist. Er unterbreitet seine Pläne und das von ihm erdachte Interieur fantasievoll und ausführlich. Doch gerade, als das Wort „Kredit" über seine Lippen kommt, schnurrt das Telefon, - sehr diskret.

Herr Schmidt nimmt den Hörer auf mit einem bedauernden Blick, meldet sich forsch und lauscht. Nach all den Schwarz-Weiß-Schilderungen des Kunden Prellmann verfärbt sich nun das Gesicht des Herrn Schmidt kalkweiß. Langsam lässt er den Telefonhörer auf die Feststation sinken, starrt vor sich hin und stammelt: „Herr Heitmann* kommt nicht mehr und alle Kredite sind gesperrt, Herr Prellmann…"

*Der Direktor der Lauenburger Volksbank Carsten Heitmann sowie ein befreundeter Rechtsanwalt wurden am 21.März 2007 verhaftet wegen des Verdachts erheblich überhöhter Kreditvergaben sowie Unterschlagung in Millionenhöhe. Beide wurden zu mehrjährigen Gefängnisstrafen verurteilt.

Barnaby

Freitag, 20. Juni, **9.40 h**

Villenviertel am Stadtrand der Hansestadt Lübeck:

Julian erhält einen Anruf von seiner Schwester Gesa: Ihr altersschwacher Collie-Hund Barnaby ist schon wieder krank. Sie bittet Julian, mit ihm zur Tierarztpraxis in der Moislinger Allee zu fahren, weil sie wegen der Kinder gerade nicht weg könne. Julian stimmt zu.

10.15 h
Mietskaserne in einem sozialen Brennpunkt derselben Stadt:

Pelle verlangt zum wiederholten Mal von ihrem Freund **Kevin**, dass er endlich für einen neuen Fernseher sorgen soll. Kevin ist sauer, weil sie ihn geweckt hat.

11.20 h
Julian kommt mit Barnaby vom Tierarzt. Der hilft dem schwachen Hund erstmal wieder, sodass er schmerzfrei laufen kann. Da Julian auch noch den Toaster von seiner Schwester mit bekommen hat, um ihn beim Elektro-Großmarkt im selben Stadtteil zu reklamieren, fährt er nun dort hin.

11.35 h
Nachdem **Kevin** Pelles lauwarmen Kaffee runter gekippt hat, haut er erstmal ab mit seinem alten Opel Corsa, um dem Gezeter seiner Freundin zu entgehen.

11.40 h
Julian hat nach längerer Suche einen Parkplatz gefunden. Da es ein heißer Tag ist, lässt er den nun ganz munteren Barnaby aus dem Auto heraus und bindet ihn an einen dafür vorgesehenen Metallpfosten im Schatten der Hausmauer.

11.50 h
Kevin überlegt gerade, wie er den Tag ohne Kohle und also auch ohne Bier rumkriegen soll, als sein Handy klingelt. Pelle! Sie keift: „Und wenn du nicht bald eine Glotze ranholst, kannst du mich morgen früh aus Toddis Bett schälen! Der guckt auch immer DSDS!"

11.55 h
Julian kommt mit einem neuen Toaster aus dem Elektromarkt, steuert auf den Hundepfosten zu und bekommt einen Riesenschreck: Anstatt ihm fröhlich entgegen zu wedeln, liegt Barnaby dort regungslos an der schlaffen Leine. Julian stürzt auf das Tier zu, tastet es ab, – der Hund ist tot!

11.56h
Ein schwacher Hoffnungsschimmer erwacht in **Kevin**. Er steuert den nächsten Geldautomaten an, erhält aber nur die Auskunft: Summe nicht verfügbar.

11.59 h
Julian überlegt, was zu tun ist mit dieser armen Kreatur. Soll er Barnaby hier lassen? Nein, was sollte er dann seiner Schwester sagen? Vielleicht beobachtete ihn auch jemand, würde ihm zum Auto folgen und ihn anschließend anzeigen wegen Tierquälerei. Aber eine Hundeleiche einfach so in seinem schönen Wagen transportieren? Das widerstrebt Julian sehr.

12.01 h
Kevin fällt ein, dass die großen Elektro-Märkte oft günstige Kredite anbieten. Das wär's doch! Also nichts wie hin! Pelle soll sich noch wundern!

12.05 h
Endlich hat **Julian** eine Idee, wie er den toten Barnaby sauber transportieren könnte: Er geht zurück in den Großmarkt, sucht nach einem leeren Karton in passender Größe und stellt ihn auf den Rücksitz seines Autos. Dann holt er das Tier, lässt es in den Pappsarg plumpsen und verklebt sorgfältig die beiden Deckklappen. Nach dieser Aufregung meint er, sich eine Tasse Kaffee verdient zu haben. Er steuert das nahe gelegene Stehcafé an, das sich ebenfalls in diesem Einkaufszentrum befindet.

12.10 h
Kevin parkt seine Rostlaube dicht am Eingang des Elektromarktes. Selbstbewusst steuert er den Kundenservice an, erhält aber auch hier eine negative Auskunft. Seine neuerlichen Überlegungen werden von einem weiteren Anruf Pelles unterbrochen:„Und, was is'? Hast du's geschafft?" Als

sie Kevins verhaltenes „Nein" hört, kreischt sie: „Dann klau doch einen, du Blindgänger! Noch nicht drauf gekommen?"

12.40 h

Zu Hause angelangt, wuchtet **Kevin** einen Karton aus seinem Opel mit der Aufschrift sony-TV. Er stellt ihn auf den Sofatisch und verschwindet erstmal im Badezimmer. Da hört er Pelles Schrei aus dem Wohnzimmer …

Harfentöne

Wenn sie nachher vor dem Vorspiel allein auf der Bühne sitzt um das Instrument zu stimmen, dann würde er es noch einmal versuchen. Es müsste doch möglich sein, ihr diese Idee auszureden! Sie könnte sicherlich einsehen, dass ER es ist, der diese Chance unbedingt braucht, viel nötiger als sie, damit er sein Leben endlich richtig ordnen könnte.

Gestern schien sie gar nicht zugehört zu haben. Es war ja auch kaum möglich gewesen ein ruhiges Wort miteinander zu reden vor der Lärmkulisse, die die Kollegen in der Kantine erzeugten. Klar, es war wieder mal eine anstrengende Probe, der argentinische Gastdirigent hatte hier in Hamburg Probleme, sich zu verständigen, alle waren genervt, besonders von dem Villa-Lobos-Stück, und hatten die Pause herbei gesehnt. Aber genau diesem Dirigenten wollte Arved gefallen! Deshalb war er gestern zum Zuhören zur Probe gekommen und hatte diese Unterredung mit Charlotte herbeigeführt. Doch sie hörte kaum hin, ließ ihn dann mit einem „Mal-seh'n" und einem flüchtigen Mona-Lisa-Lächeln einfach stehen und wandte sich dem Solocellisten zu, der schon ungeduldig von einem lackbeschuhten Fuß auf den anderen tänzelte. Was der wohl von ihr wollte? Aber das war Arved in diesem Augenblick ganz egal, viel wichtiger war ihm, was Charlotte von dem Dirigenten wollte.

Julian Carago, der argentinische Gastdirigent, suchte für sein Sinfonieorchester in Buenos Aires eine Besetzung für

die Harfe. Arved wusste genau, dass es nicht viele Harfe -
nisten geben würde, die sich auf das Abenteuer Südamerika
einließen, schon gar keine besonders guten! Und „gut" musste man schon sein, um bei Carago angenommen zu werden,
sehr gut sogar. Charlotte hatte bis vor zwei Wochen wenig
Interesse gezeigt, sich zu bewerben, obwohl sie, genau wie
Arved, gerade Single war und auch sonst keine sonderlich
festen familiären Bindungen hatte.

Ja, Single - das waren sie nun beide wieder. Ihre wunder-
schöne Liaison aus der Studienzeit war schließlich doch zer-
brochen unter dem Druck des Konzertexamens und der vielen Trennungen durch die verschiedenen Engagements, die
zunächst darauf folgten. Aber doch hatte es Arved mehr ver-
letzt, als er wahrhaben wollte, das merkte er immer dann,
wenn er im Orchester saß und Spielpausen hatte. Seine Gedanken gingen plötzlich in der Vergangenheit spazieren, ohne dass er Einfluss darauf nehmen konnte. Besonders übel
nahm er seiner Ex-Freundin, dass sie ihre Position hier in
Hamburg offensichtlich zu einem großen Teil einem besonders heftigen Intermezzo mit dem schönen Hornisten aus
dem Orchestervorstand verdankte, zumindest hatte er so etwas im „Flurfunk" flüstern hören. Das war aber wohl auch
schon wieder vorbei, Charlotte hatte ja ihr Ziel erreicht.

Und was hatte er? In drei Orchestern im Land stand er
auf der Aushilfeliste, diesen Job machte er hier auch gerade,
zwei Solokonzerte mit grauenvollen Laienorchestern hatte er
im vergangenen Jahr gespielt, an der städtischen Musikschule
hatte er eine mittelmäßig begabte Schülerin, das war's auch
schon. Versteht man das unter Gleichberechtigung? Im Orchestervorstand gab es nur eine Frau, und die war auf der
Schwelle zur Pensionierung! Hätte Arved mit der etwas

anfangen sollen? Eine gewisse Schamlosigkeit hatte er schon häufiger an Charlotte beobachtet, aber da er sehr verliebt war damals, hielt er das für sexy. Wenn er es schaffen würde, nach Buenos Aires zu gehen, wäre er sowohl den Schmerz als auch die Geldsorgen los, diese Chance sollte Charlotte ihm fairerweise geben, mehr wollte er nicht von ihr. Sie sollte doch nur ein kleines bisschen schlechter spielen als sonst!

Für heute, 17 Uhr, hatte Carago ein Probespiel für die Harfenistenstelle in seinem Orchester angesetzt. Außer Arved würden nur noch Charlotte da sein, sowie eine etwas ältere Kollegin von der Musikhochschule in Karlsruhe. Die wollte wohl noch einmal das „ganz große Abenteuer" erleben, doch alle, die vom Fach waren, wussten, dass diese Dame bei weitem nicht den Ansprüchen des Argentiniers genügen würde. Aber sowohl Charlotte, als auch er selbst konnten mit guten Chancen rechnen. Nein, er musste unbedingt gewinnen! Sollte Charlotte doch gefälligst hier bleiben, sich mal für den Richtigen entscheiden und Kinder kriegen! Oft genug hatte sie ihm davon vorgeschwärmt. Warum war sie plötzlich so scharf auf diese Position? Vor drei Tagen hatte sie sich erst für das Vorspiel entschieden und dies Arved ganz beiläufig auf dem Flur mitgeteilt. Richtig, Frank, der Solocellist, war zufällig auch dabei gewesen und grinste unverhohlen. Was war der Grund für ihr plötzliches Interesse? War es vielleicht der Dirigent selbst? Wusste Frank mehr?

Es ist noch eine Stunde Zeit. Wo ist Charlotte? Sie kommt als Erste dran und hat das Instrument zu stimmen. War sie wieder in das Dachgeschoss der Laeisz-Halle gestiegen, um zur Ruhe zu kommen und die schöne Aussicht zu genießen? Er erinnerte sich an einen lustigen Nachmittag, den sie im letzten Sommer dort oben verbracht hatten mit

Sekt und Lachsbrötchen auf einer der beiden Dachterrassen, die nur durch ein Fenster zu begehen sind. Natürlich ist es streng verboten sich dort aufzuhalten, aber Charlotte war es irgendwie gelungen, den Schlüssel zu organisieren, und sie hatten beide viel Spaß, während der Hamburger Großstadtverkehr tief unter ihnen dröhnte und rauschte.

Arved sah noch einmal auf die Bühne im Konzertsaal, um nachzuprüfen, ob sie vielleicht schon dort sei. Nein, noch nicht einmal die Tasche mit den Ersatzsaiten hing an ihrem Platz. Am Ende des Flurs winkte ihm eine ältere Dame aufgeregt zu, aber Arved ignorierte sie. Er bog um die Ecke und stieg die Treppen hinauf. In seinem Kopf arbeitete es: Ja klar, es konnte nur der Dirigent selbst sein, der für Charlotte auf einmal den Job in Argentinien so attraktiv machte. Plötzlich meinte Arved, gesehen zu haben, wie sie Carago mehrmals mit ihrem berühmten Augenaufschlag beglückt hatte während der Probe. Auch hatte er sie gestern aus dessen Künstlerzimmer herauskommen sehen mit merkwürdig verhangenem Blick, sie hatte ihn gar nicht bemerkt. Er fühlte Verachtung für sie in sich aufsteigen. Meine Güte, Charlotte, übertreibe doch nicht so! Wolltest du dich nun endgültig zum „Wanderpokal" machen?
Die letzten Stufen hatte Arved keuchend hinter sich gelassen und stand jetzt vor der angelehnten Tür des Dachzimmers. Angelehnt heißt, dass hier jemand drin ist, ging es ihm durch den Kopf, und er fasste Hoffnung. In dieser stillen Umgebung würde sie bestimmt mit sich reden lassen, sie würde ihm die Chance geben, sie hatte im Grunde einen gutmütigen Charakter, auch, wenn sie manchmal über die Stränge schlug. Er musste seine Augen erst an die Dämmerung gewöhnen, denn Licht fiel in diesen abgelegenen Raum nur durch das

kleine Fenster, das hinaus auf die Dachterrasse führte. Dorthin wollte er, um nach ihr zu sehen, aber er kam nicht weit. Sein Fuß blieb an etwas Weichem hängen, er wäre beinahe gefallen. Im letzten Moment konnte er an einem Dachbalken Halt finden. Arved richtete sich auf und blickte dann zu Boden. Zusammengekrümmt lag vor ihm eine menschliche Gestalt, ein zierlicher, weiblicher Körper, dessen blonde Haarpracht sich merkwürdig um den Kopf wellte. „Charlotte, was…, Charlotte!" Arved beugte sich über sie, wollte ihr aufhelfen, fühlte aber nur das schlaffe Grauen der Leblosigkeit. "Charlotte…", flüsterte er heiser, die Stimme versagte ihm. Gerade tastete sich sein Blick noch über die Tasche mit den Harfensaiten neben dem Arm des Mädchens, als ein Geräusch in seinem Rücken ihn herumschnellen ließ. Jemand versuchte, aus dem Fenster zu klettern. Sofort war Arved die Bedeutung dieses Vorgangs klar. Mit einem Satz sprang er hinüber und packte den Flüchtenden am Ärmel. Dessen Beine waren schon draußen, sein Oberkörper wurde nun von Arved am Nachrücken gehindert.

„Lass mich!", schrie der auf diese Weise zweigeteilte Mann. „Lass mich los! Ich mache Schluss! Sie war es! Sie hat Schuld! Sie will.., ich wollte…" Seine Stimme wurde immer schriller, überschlug sich, endete in einem hilflosen Gurgeln. Arved hatte ihn jetzt mit beiden Händen fest an den Oberarmen gepackt und sah in das wutverzerrte Gesicht, - Franks Gesicht! Unwillkürlich lockerte sich Arveds Griff. „Was hast du hier zu suchen? Was ist mit Charlotte?", keuchte er. Doch Frank nutzte den Augenblick der Erkenntnis, riss sich los, zog sich vollends aus dem Fenster und rannte bis an die steinerne Brüstung. Hier drehte er sich noch einmal um, rief: „Frag doch Carago!" - dann bog sich seine Gestalt akrobatengleich nach hinten und die Tiefe verschluckte ihn.

Arved schloss die Augen. Er spürte, wie sich das Entsetzen einer Nebelwolke gleich in seinem Organismus ausbreitete. Was meinte Frank mit seinen letzten Worten? Was sollte er jetzt tun? Was hatte er, Arved, mit all dem zu schaffen? Er wollte Charlotte doch nur… Mühsam gelang es ihm, seine Augen wieder zu öffnen um mit unsicheren Schritten zu dem leblosen Körper zurück zu kehren.

Erstaunt bemerkte er, dass dessen Lage sich verändert hatte. Die Beine waren ausgestreckt, ein Arm lag hinter dem Rücken. Atmete sie? Arved hörte ein kehliges, kaum wahrnehmbares Hecheln. Hatte Frank doch nicht…? Arved machte einen Versuch: „Charlotte…?" Keine Antwort. Aber es war doch Eifersucht, oder? Blitzschnell hatte diese Erkenntnis von Arved Besitz ergriffen. Eifersucht - Eifersucht - hämmerte es plötzlich in seinem Kopf. Er tastete nach der Tasche, holte behutsam ein Papierbriefchen heraus, entrollte die darin enthaltene C-Saite und schlang sie zärtlich um Charlottes Hals.

Als Arved wenig später die Harfe für das Probespiel stimmt, meldet er dem Orchesterwart, dass eine der Ersatzsaiten fehle.

über die Ostsee...

Wieder bereute sie die Ausgabe für diese Reise. Mit dem Geld hätte sie lieber einen Teil ihrer Schulden bezahlen sollen. Dann wäre sie endlich frei und könnte die richtig guten Reisen unternehmen, ihre Träume erfüllen, beim Flug nicht auf den Preis achten, das gediegene Hotel in Yorkshire bewohnen, in den Geysiren Islands baden, noch einmal Lissabon erforschen und endlich auch Barcelona und in die USA. Gedanken kreisen, kreisen um Geld und Möglichkeiten und das Meer. Natürlich – das Meer hat sie wieder gelockt, das Rauschen, die Glätte, das Kräuseln, der Glanz, die Schaumkämme, der Wolkenspiegel. Die liebte sie schon immer, die See, - war ihre Heimat, wollte Schiff fahren…

Spät abends Einschiffung, Kabine suchen, eine schlichte finden, Fernseher ausprobieren, Nasszelle beschränkt, schlafen bei beruhigendem Seegang. Nun hier am Morgen, auf diesem großen Pott, der kein mondänes Kreuzfahrtschiff ist, sondern nur eine Fähre, mit Autos und Bussen und Containern und Trucks und Männern, die Trucker sind und Tätowierungen tragen und schwitzen, und Ehepaaren, die vor allem alt sind, aber abenteuerlustig. Dieses Brückenfahrzeug zwischen Ost und West, mit Sprachen in hartem Singsang auf russisch, polnisch, finnisch, so oder so, immer hart und laut. Sie hört eigentlich gerne hin, sie geht niemanden etwas an, hier, auf dieser Reise. Hatte sie das geplant? Sie wusste es nicht, sie war einfach los gefahren. Das geht ebenso niemanden etwas an. Nicht ausgeschlafen, die Frühstückszeit ist begrenzt, man ist nicht im Luxushotel, hat keine Zeit für Spätaufsteher, das Personal hat noch anderes zu tun, allerdings nicht in den Kabinen! Kein Zimmerservice.

Auf Deck an der Reling rumstehen, Windstille und Sonne suchen, Fahrstuhl fahren, in zersessenen Ledersesseln räkeln, in zerlesenen Zeitschriften blättern, gelöste Kreuzworträtsel vorfinden, erzwungenen Gesprächen lauschen: Unsere Reise nach Kuba…, Als wir letztes Jahr auf Sardinien waren…, Bei unserer Trekkingtour durch die Anden ist uns … passiert, …Damals haben wir in den USA unseren Greyhound verpasst und mussten…, Als ich meine Frau noch nicht kannte, bin ich mit meiner Harley…. Und alle anderen lauschen höflich-gespannt bis sie endlich selbst dran sind mit ihrem „Als wir in … waren."

Wo war sie schon gewesen? Was wollte sie hier? Allein, ohne Partner, weil auseinander gedriftet, ohne Kinder als alternativen Lebensinhalt, ohne Lust auf künstliche Kumpelschaft? Ja, sie wollte allein sein und bleiben. Ihre Bürde konnte ihr sowieso keiner abnehmen, ihren Groll, ihren heimlichen Hass, ihre Verzweiflung. Nein, sie hat keine Kinder und würde auch nie welche haben. Stattdessen hat sie eine zerbrochene Ehe, deren Ende ihr einen Berg Schulden gebracht hat. Der Trost, den sie sich von dieser Verbindung versprochen hatte, war ihr sowieso versagt geblieben. Deshalb war sie hier, - noch einmal. Es musste etwas geschehen! Sie musste endlich Ruhe finden.

Wieder sah sie auf, doch dieses Mal schweifte ihr Blick aus dem Fenster und ergriff das Meer, die grau-ruhige Wasseroberfläche mit ihren kleinen Kräuselungen, weit, weit, bis zum Horizont. Ja, damals wollte sie weit, weit weg von zu

Hause, bis hinter den Horizont, und landete in St. Petersburg, auf eben diesem Weg, mit der Großfähre, auch mit Männern und Ehepaaren an Bord, doch damals hatte sie noch den Traum von der Zukunft in der berühmten Eremitage von St. Petersburg, im Zarenpalast, einem der größten und schönsten Museen der Welt. Dort wollte sie arbeiten zwischen wundervollen Möbeln, kostbaren Gegenständen und einmaligen Kunstwerken. Die Warnungen von Eltern und Freunden vor russischen Kriminellen, die einsamen Frauen auf der Straße die Handtasche entreißen und in der Dunkelheit noch Schlimmeres mit ihnen anstellen, vor korrupter Polizei und ebensolchen Arbeitgebern schlug sie alle in den Wind. So etwas konnte ihr doch nicht passieren, schließlich war sie nicht auf den Kopf gefallen und wäre selbstverständlich immer vorsichtig! Doch mit dem, was ihr dann wirklich passierte, hatte keiner gerechnet, sie am allerwenigsten.

Ein langes, abwechslungsreiches Jahr hatte sie dort verbracht, hatte viel gelernt, freundliche und auch schlechte Menschen kennen gelernt, Freunde gefunden. Und einen hatte sie geliebt, leidenschaftlich, besinnungslos, bis zur Selbstaufgabe. Auf dem Schiff damals hatte es angefangen, ja, es war tatsächlich einer dieser Trucker mit strahlend blauen Augen im braun gebrannten Gesicht, einer einzigen Tätowierung auf dem linken Oberarm, muskulösem Körper, braunem Lockenhaar. Als sein verwegener Blick sie das erste Mal streifte, durchfuhr sie ein nadelfeiner Speer, der sie in köstlicher Weise verwundete. Doch während ihre Augen Aufnahme fanden in den seinen, spürte sie, wie die Wunde sich langsam schloss, nur die Narbe brannte, brannte vor Begierde. Dimitri! Er war Student, jung und stark, verdiente sich sein Geld fürs Studium als Fahrer, konnte ein paar Brocken Deutsch, aber auch Englisch, und noch ehe er sie umgarnte, hatte er sie eingefangen. Die wenige Zeit, die er in der Stadt mit ihr verbringen konnte, war bestimmt von Leidenschaft und Hingabe. Jeder Abschied war für sie wie ein kleiner Tod, sie bestand sogar einmal darauf, unbedingt mit ihm mitfahren zu wollen, mit seinem Truck über die Ostsee, doch er ließ es nicht zu. Das Jahr ging vorbei, sie musste wieder nach Hause, beide schworen sich ewige Liebe, Dimitri wollte sein Studium in Deutschland fortsetzen, wollte kommen und sie heiraten.

Doch nichts von dem geschah. Sie wartete vergeblich. Sie wurde krank vor Sehnsucht, wie sie glaubte. Dann heiratete sie ihre Sandkastenliebe Peter. Allerdings kehrte die merkwürdige Sehnsuchtskrankheit immer mal wieder, und als sie schließlich einen Arzt zu Rate zog, der endlich eine gründliche Untersuchung anordnete, wurde festgestellt, was Dimitri ihr als bleibendes Souvenir mitgegeben hatte. Gehörte diese Krankheit nicht ins neunzehnte Jahrhundert? War sie nicht dank moderner Medizin längst ausgemerzt? Nein, weit gefehlt, der Tripper war wieder aktuell, besonders in den Staaten Osteuropas! Dimitri! Du Dreckstück!

Als Folge dieser Krankheit würde sie keine Kinder bekommen können, ihren Mann hatte sie selbstverständlich ebenfalls infiziert, da ließ sich aber noch mit Medikamenten kämpfen. Aus dieser Botschaft zog Gatte Peter die einzige für ihn in Frage kommende Konsequenz: Scheidung, und zwar mit möglichst allen finanziellen Vorteilen für ihn und ohne jemals noch ein Wort mit ihr zu wechseln.

Auch wenn der Blick auf das Meer sie bisher stets beruhigt hatte, so fiel es ihr jetzt wieder einmal schwer, sich zu beherrschen, ihr Elend nicht laut heraus zu schreien, nicht einzuschlagen auf die Tischplatte und auf all die netten, ahnungslosen Leute um sie herum! Verdammt, warum ausgerechnet ich? Wo ist er, der mir das angetan hat? Ist er schon krepiert? Wie viele Frauen hat er inzwischen noch infiziert? Oder hat er einen guten Arzt gefunden?

Jetzt trat ein Mann in ihr Blickfeld, ging an ihr vorbei, von rechts nach links, trug ein Achselhemd, sodass sie eine Tätowierung auf seinem linken Oberarm erkennen konnte. Nein, nicht irgendeine Tätowierung, sondern genau das kleine Bildchen, das sie so oft gestreichelt hatte, das sich unter seinem Bizeps ein wenig aufblähte, was sie dann zum Lachen brachte, dieses Tattoo schwebte hier gerade an ihr vorbei, verschwamm in einem Nebel, der sie fast umsinken ließ. Zitternd erhob sie sich, hielt sich zunächst an der Tischkante fest, um einen sicheren Stand zu gewinnen, starrte den Gang entlang, dem Mann hinterher. Dann setzte sie einen Fuß vor den anderen. - Erstaunen, Wiedererkennen, Freude, Angst, Zucken und Brennen und Hass und Leidenschaft, Ekel und Wut, und doch Begierde. Es ergab sich dann. Sie hatten noch eine Nacht. Am nächsten Morgen nach der Ausschiffung blieb ein russischer Truck fahrerlos an Deck stehen.

Ostsee im Winter

Blutiger Tau – 1987

Die noch bleiche Morgensonne fing die Tautropfen ein, die in dem langen, schwarzen Haar kristallen glitzerten. Die Gestalt lag auf dem Bauch, einen Arm über dem Kopf angewinkelt, den anderen neben dem Körper ausgestreckt. Ein buntes Kleidchen bedeckte zerknittert ihre Blöße. Die nackten, schmutzverkrusteten Fußsohlen ließen blutige Kratzer erkennen. Um den jungen Frauenkörper herum zeigten die Blätter der Erdbeerpflanzen die gleiche Färbung wie die prallroten Früchte.
Menschen, die sich offensichtlich in zwei Gruppen formiert hatten, umstanden dieses Ereignis in den Furchen des Feldes. In ihren dunkelhaarigen Köpfen schwirrten genau die unterschiedlichen Gedanken, die sie schon seit Generationen voneinander trennten:
 Sie hat alles selbst verschuldet!
 Sie ist die Unschuldigste von allen!
Als in der Ferne der Traktor des Plantagenbesitzers zu hören war, gingen sie schweigend auseinander, um in gewohnt gebückter Haltung ihre Arbeit aufzunehmen.
Auch die Brüder Sait und Mahir schwiegen. Sie schwiegen schon sehr lange, nämlich genau seit dem Tag, als Sait es entgegen allen Plänen und Abmachungen nicht gewagt hatte, dem Chef zu zeigen, wie es ist, wenn „das Messer tanzt". Nein, Sait hatte sich einschüchtern lassen, ebenso, wie alle anderen Männer, deren heimlicher Anführer er war. Hinterher konnte keiner mehr sagen, warum sie diesen verdammten

Chef mitsamt seinen feigen Antreibern, die noch nicht mal vom Traktor runter kamen, nicht einfach abgestochen hatten. Dann hätten sie zwar auch nicht den von ihnen geforderten Lohn bekommen, aber die Ehre, die Familienehre, die wäre erhalten geblieben.

Und jetzt? Jetzt war sein starker, tapferer, von allen verehrter, großer Bruder nur noch ein Feigling, ein nichtswürdiger, jämmerlicher Kriecher vor einem deutschen Boss einer Erdbeerplantage. Ihr Boss, der große Mann, der meinte, den Kerlen auf dem anderen Feld mehr Geld zahlen zu müssen, bloß, weil da ein paar Erdbeeren weniger dran hingen. Aber ihren Rücken krumm machen mussten sie alle gleich lange! Und abends hatten sie alle dieselben Schmerzen!

Schlimmer jedoch war, dass auch die verhassten Türken ihn und seine kurdische Familie nun erst recht von Grund auf verachteten und vor ihnen ausspuckten. Wie sollte man mit dieser Schmach weiter leben? Wie sollte man hier, an diesem verdammten Ort, in diesem verdammten Land weiter neben einem Türken oder sogar einer Türkin arbeiten können, Spott und Verachtung täglich über dem gebeugten Rücken spürend? Mahir glaubte seit jenem Tag nicht mehr an Bruderliebe, Gerechtigkeit und manchmal sogar nicht mehr an seinen Gott, zu dessen respektvoller Verehrung sie in ihrer Kindheit stets angehalten worden waren. Nein, Mahir sann nur noch auf Wiederherstellung der Familienehre, um seinen Eltern in der fernen Heimat im Winter wieder unter die Augen treten zu können, - mit aufrechtem Rückgrat und offenem Blick.

Aber was sollte er tun? Seinen Bruder umbringen? Die Ehre wäre es schon wert gewesen, doch das würde der Vater gewiss nicht gut heißen. Auch konnte er sich ein Leben ohne

Sait gar nicht vorstellen. Sait war immer da gewesen, so lange er denken konnte. Sait hatte mit ihm gespielt, ihn gefüttert, die ersten Schritte mit ihm gemacht, mit ihm gelacht und geweint, wenn der Stock des Vaters mal wieder auf einen von ihnen beiden niedergesaust war. Eine Schwester hatten sie nicht, es gab nur diese beiden Söhne in der Familie.

Hier in Deutschland, in der Nähe der großen Stadt Hamburg, konnten sie gutes Geld verdienen, und das schon seit drei Jahren! Zuerst kam der Spargel, dann die Erdbeeren, dann die Himbeeren. Wenn nur die verhassten Türken nicht gewesen wären! Mahir erinnerte sich gut an die Erzählungen der Großeltern, die von blutigen Aufständen, Deportationen, ja sogar Raub des eigenen Namens und der Muttersprache berichteten. Was waren das für Menschen, die einem Volk so etwas antaten? Und einer von denen hatte sogar gesagt, die Kurden hätten nur das Recht Diener oder Sklaven zu sein, sonst nichts! Warum handelte man so an Unschuldigen? Die Namen Öcalan, Apocular und PKK wurden in ihrem Haus nur hinter vorgehaltener Hand geflüstert, und Sait war es, der Mahir irgendwann mal erklärte, was sie bedeuteten. Gut, heute waren andere Zeiten. Seine Eltern konnten friedlich leben und ungehindert ihre Sprache sprechen. Trotzdem! Die Familienehre musste gegenüber den Türken, den Deutschen, ja, der ganzen Welt verteidigt werden! Und wie sollte es geschehen? Mahir hatte seinem Bruder bereits all seine Verachtung gezeigt, indem er einfach nicht mehr mit ihm sprach. Falls sich eine Verständigung gar nicht umgehen ließ, gönnte er ihm ein Kopfnicken, ein Schulterzucken oder den typischen missbilligenden Schnalzlaut.

Und dann kam die Nacht, in der er entdeckte, warum sein Bruder Sait mehrere Stunden lang einfach verschwand. Mahir hatte geglaubt, es handele sich um das Komplott gegen den Plantagenchef, um Besprechungen mit anderen Männern, um Abmachungen, um den Austausch von Waffen. Doch einmal folgte er dem nächtlichen Weg seines Bruders und entdeckte – Dilara. Die junge Dilara, eine schöne biegsame Pflückerin, stets eifersüchtig von ihren drei Brüdern beob- achtet. Dilara, - eine Türkin. Sein Bruder und eine Türkin! Das war genug! Und deshalb war heute der Morgen angebrochen, an dem die noch bleiche Sonne die glitzernden Tautropfen einfing in den langen schwarzen Haaren einer jungen Frau und die Blätter der Erdbeerpflanzen um sie herum sich rot verfärbten.

ZWEITE SEQUENZ
DER GANZ ALLTÄGLICHE WAHNSINN

Das Baumhaus

Tag um Tag verging, und er hatte nicht einmal angefangen! In drei Wochen ist der Geburtstag, und das Baumhaus hatte Martin seinem Sohn fest versprochen. Das Material lag bereits im Schuppen. Iris drängte ihn jeden Morgen aufs Neue, mit der Arbeit zu beginnen, doch Martin konnte nicht. Er konnte es nicht über sich bringen, die knorrige Eiche zu amputieren, ihr etwas zu rauben von ihrer Schönheit, Löcher in sie hinein zu bohren und zu schlagen, sie mit Brettern und eisernen Krallen für immer zu verunstalten. Ja klar, kleine Jungen lieben Baumhäuser, deshalb sollte Benjamin ja auch eines haben, aber nicht ausgerechnet in diesem, seinem „Lebensbaum", wie Martin ihn nannte.

Als Kind hatte er in seinem Schatten gespielt, hatte wunderliche Spielzeuge gebastelt aus seinen Früchten. Je größer er wurde, desto höher kletterte er in sein Geäst. Bald konnte er sogar von hier aus einen Teil des riesigen Ratzeburger Sees sehen, und wenn er sich weit genug nach rechts beugte, sogar ein Stückchen vom Dach des Domes, der mächtig auf der Insel thronte. Diesen Anblick liebte Martin besonders. Als 13-Jähriger rauchte er, versteckt in der Baumkrone, seine erste Zigarette. Selbst den ersten Kuss, den man bekanntlich nie vergisst, empfing er in ihrem Blätterwerk von Anita Blome aus der 12. Klasse. Den Erdbeerkaummigeschmack spürte er noch manches Mal auf seiner Zunge. Und vom Fenster seines Jugendzimmers beobachtete er stets die Jahreszeiten im Spiegel des Baumes, sehnte jeweils die nächste herbei, sobald die gegenwärtige begonnen hatte.

Inzwischen waren seine Eltern verstorben, er hatte nicht Anita geheiratet, sondern Iris, weil sie schwanger war, und sein Sohn würde nun gewissermaßen das Erbe der Eiche antreten. Aber mit einem Baumhaus? Nein, das wollte Martin nicht! Zu voreilig hatte er Benjamin das Versprechen gegeben, aufmerksam beobachtet von Iris. Eilfertig erklärte sie, beim Bau mit anzupacken.

Für Iris war eine Eiche ein nutzloser Baum, auf die Eicheln konnte man gut verzichten, und die Blätter brauchten ewig lange, bis sie schließlich vermoderten und zu Humus wurden. Nein, sie liebte die anderen beiden Bäume im Garten, den Apfel- und den Pflaumenbaum. Die musste man hegen und pflegen, damit sie den gewünschten Ertrag brachten. Denn mit Apfel- und Pflaumenmusverkäufen besserte Iris die Haushaltskasse auf beim Weihnachtsbasar hier in Einhaus, - jedenfalls behauptete sie das. Dass sie trotzdem selten mit der Summe auskam, die jeden Monat nach Abzug aller Verpflichtungen blieb, lag an ihrer krankhaften Repräsentationssucht. Nach der neuesten Mode gekleidet sein wie Freundin Henriette, schnell mal ein neues Parfüm ausprobieren, wie Freundin Bianca, eben ein Wellness-Wochenende zwischendurch mit Freundin Carolin verbringen, und so weiter, und so weiter! Martin hatte sowohl das ständige Frauengetuschel als auch die Streitereien um Finanzprobleme gründlich satt. Unmerklich hatten sich auch andere Differenzen in ihre Beziehung geschlichen. Kleinigkeiten entfachten laute, verletzende Diskussionen, die mit knallenden Türen endeten. Wenn Martin jedoch von Trennung sprach, fing Iris an zu heulen und führte Benjamin als Gegenargument ins Schild.

Oft war Martin am Ende solcher Zwistigkeiten auf die Bank unter seiner Eiche geflüchtet, hatte ihre Borke zärtlich berührt, ihren herben Duft eingesogen. Nein, ein Baumhaus kam hier nicht in Frage! In den Apfelbaum würde es viel besser passen! Dort müssten nicht so viele Äste abgesägt werden. Auf die paar Äpfel weniger käme es doch gar nicht an! Die Zeit verstrich, in Martin reifte ein Plan…

Nur noch zehn Tage bis zum Geburtstag, das war zu schaffen. Das Wetter war angenehm trocken, nicht zu heiß. Benjamin besuchte heute einen Freund und wollte dort übernachten. So würde es keine Störungen geben.

Entschlossen ging Martin voraus in den Schuppen. Über die Schulter rief er zurück ins Haus: „Iris, ich will anfangen! Kannst du eben kommen und tragen helfen?". Das schwere Bretterbündel hatte er gleich nach der Lieferung auf die beiden Dachbalken geschoben, damit es nicht im Wege lag. Doch genau in dem Moment, als Iris den Schuppen betrat, krachte es herunter.

Martin kletterte die Leiter wieder hinab und überzeugte sich vom Gelingen seines Vorhabens. Dann schlenderte er gemächlich zu seiner Eiche, streichelte ihren Stamm und flüsterte: „Jetzt haben wir endlich wieder unsere Ruhe."

Ausgerechnet Andorra

Die Geschichte von Roald Dahl ging ihm nicht mehr aus dem Kopf. Ja, so müsste man es machen! Das Haus ist menschenleer, alles ist für die Reise vorbereitet, man sitzt bereits im Taxi, der Gatte will noch einmal hinauf um etwas angeblich Vergessenes zu holen, der Fahrstuhl bleibt stecken, und das sechs Wochen lang! Denn: Die Herrschaften sind ja verreist! Titel der Geschichte: „Der Weg zum Himmel", und der wurde es denn auch für das Opfer.

Hier war es zwar der Ehemann, der seine Frau liebend gern ein bisschen zur Weißglut brachte mit seinen absichtlichen Verzögerungstaktiken, doch das spielt schließlich keine Rolle. Das, was SEINE Frau ihm bereits seit einigen Jahren bot, ihr ungepflegtes Aussehen, ihre ach, so künstlerische Tätigkeit, ihre Eifersucht, ihr Geiz, all das konnte man nicht einmal mehr mit „ein bisschen zur Weißglut bringen" bezeichnen. Nur, dass sie sich dessen ebenso wenig bewusst war, wie der im Fahrstuhl verreckende Ehemann bei Dahl. Das war aber leider die einzige Gemeinsamkeit dieser beiden Fälle.

Stefano, ein Operettentenor im Alter von 50plus, der eigentlich Stefan hieß, seufzte. Ansonsten war in seiner Ehe alles ganz anders: Sie hatten kein eigenes Haus, sie hatten kein Dienstpersonal, und einen Fahrstuhl gab es hier in ihrer Mietskaserne auch nicht. Und um sechs Wochen lang verreisen zu können, dafür reichte ihr Geld sowieso nicht. Tja, das war der Stand der Dinge! Adieu, Roald Dahl mit deiner wunderbaren Idee! Bei mir funktioniert das nicht. Und doch! Es musste irgendeine Möglichkeit geben, Cilly, die eigentlich Cäcilie hieß, auf unauffällige Weise loszuwerden - ohne kostspieligen Scheidungsprozess und Unterhaltszahlungen!

Cilly hatte es sich gerade hinter ihrer Staffelei bequem gemacht. „Bequem" hieß bei ihr: ausgetretene Pantoffeln an den wollbesockten Füßen, grau-verwaschene Schlabberhose, ein sackartiges Oberteil um die mittlerweile ausufernde Figur. Ja, Cilly malte! Sie war überzeugt von ihrer Kunst, und sie glaubte noch immer an den ganz großen Durchbruch nach den nunmehr neun Jahren, die sie diese Beschäftigung bereits ausübte. An der Volkshochschule durfte sie einmal bei einer Ausstellung mitwirken, nachdem sie einen Kurs dort belegt hatte. Zum Thema „Natur und Kunst" waren ihr zwei recht ansehnliche Aquarelle gelungen, die konnte man neben achtzehn weiteren Laienkunstwerken vier Wochen lang im Foyer der Sparkasse bewundern. Einige der Bilder wurden sogar verkauft, Cillys allerdings nicht. Doch sie ließ sich nicht entmutigen, im Gegenteil, sie entdeckte bei sich noch ein weiteres Talent, nämlich das Dichten. Darauf gekommen war sie durch Stefano.

Nachdem er wegen seines Alters keine festen Engagements als Sänger mehr bekam, hatte Stefano sich auf den Liedgesang verlegt und organisierte damit Soloabende auf Kleinkunstbühnen. Er kannte eine mittelprächtige Pianistin, die ihn begleitete. Cilly war bei diesen Liederabenden stets anwesend, denn die junge Dame war ihr ein ständiger Dorn im Auge. Cilly glaubte felsenfest, dass Nadeschda ihren Mann nur deshalb bei seinen Liederabenden begleitete, weil sie insgeheim hoffte, ihn verführen und zu einer Heirat bewegen zu können, damit ihr das Aufenthaltsrecht in Deutschland gesichert wäre. Hätte Nadeschda von dem Nummernkonto in der Schweiz gewusst, das das Ehepaar eisern hütete als Altersversorgung, wäre sie bestimmt schon längst aktiv geworden. Vielleicht war es ja auch schon soweit, ohne dass Cilly etwas bemerkt hatte. Die drei, vier Seitensprünge, die Stefan ihr in jungen Jahren angetan hatte, verschmerzte sie irgendwann. Aber jetzt noch einmal? In seinem Alter? Nein, sie hatte es endgültig satt!

Die Werke, die Stefan bei seinen Liederabenden vortrug, waren häufig Vertonungen von einfachen, volkstümlichen Texten, die unbekannte Komponisten quasi als Fingerübungen geschrieben hatten. Angesichts dieser literarischen Ergüsse fiel es Cilly eines Tages ein, sich selbst als Dichterin zu erproben. Ein paar Versuche, ein paar zusammengeknüllte Papierbögen, dann – fand sie – hatte sie etwas Brauchbares verfasst. Stefano reagierte verhalten, als sie ihm ihr erstes Gedicht vorlegte. Was sollte das nun wieder? Wer hatte ihr den Floh ins Ohr gesetzt, nun auch noch dichten zu können? Reichte ihr ihre verquaste Malerei denn nicht? Nun also Gedichte, Poesie! - wie sie es hochtrabend nannte. Und ihren Plan unterbreitete sie ihm sogleich: Sie würden einen Liederabend veranstalten anlässlich einer Vernissage zu einer Ausstellung mit ihren Werken, und sie würde ihre eigenen Gedichte vortragen, passend zu den Themen der Bilder. Sie war sicher, das würde ein Riesenerfolg werden, denn Multitalente unter Künstlern wären doch momentan DER Renner im Kulturgeschäft. Stefano sollte doch nur mal an Günther Grass oder Armin Müller-Stahl denken! Und für ihn mit seinen Liedern wäre es mal wieder eine willkommene Präsentationsmöglichkeit! ‚Da sei Gott vor!' dachte Stefano, gegen so einen Abend würde ich sogar den Auftritt im Wartesaal eines Provinzbahnhofs eintauschen.' Laut sagte er nur: „Mal sehn…", mit langgedehntem e. Wieder ein Anlass, über „Wege zum Himmel" nachzudenken. Sechs Wochen im Fahrstuhl! Vier Wochen wären schon genug, sogar zwei…

Wann wollten sie denn mal verreisen? Und wohin? Sie konnten sich nie einigen. Wollte er ans Meer, wollte sie in die Berge. Wollte er in den Harz, zog sie die Dolomiten vor. Wollte sie doch lieber an die Ostsee, schwärmte er von der Nordsee. Aber – merkwürdig – ein gemeinsames Reiseziel hatten sie, und das war Andorra. Dieser Zwergstaat in den Pyrenäen schwirrte ihnen beiden im Kopf herum. Doch die ewige Streiterei, ob Gebirge oder Meer, hatte sie immer wieder davon abgehalten, ernsthafte Reisepläne diesbezüglich ins Auge zu fassen. Nun reifte in Stefano eine Idee: Ein Kleinstaat in den Pyrenäen, wohin sich kaum eine Touristenseele aus Norddeutschland verirrt, wo es jede Menge Briefkastenfirmen gibt wegen der Steuer! Da wird wohl die Polizei auch nicht besonders aktiv sein, denn es passiert sicherlich selten etwas Ernsthaftes. Stefano kann sich nicht erinnern, jemals von einer Gewalttat in Andorra etwas gelesen oder gehört zu haben. Und er würde ja auch keine solche Tat verüben wollen, nein, auf keinen Fall! Es könnte höchstens ein Unfall passieren, hervorgerufen durch widrige Umstände, durch einen bedauerlichen Zufall, durch eine Lawine vielleicht, durch…, da würde ihm schon noch etwas einfallen. Sicherlich käme in Andorra niemand auf die Idee, eine Obduktion anzuordnen, vielleicht gab's da noch nicht einmal einen Pathologen? Stefano grinste.

Cilly blickte sich überrascht um, als ihr Gatte die Kammer betrat, die sie Atelier nannte, und ihr im Fortissimo eine

„tolle Idee" ankündigte. ‚Andorra!', rief er, ‚wir fliegen nach Andorra!' Cilly stutzte. Wie kam er plötzlich darauf? Sollte das ein Witz sein? Hatte er ein schlechtes Gewissen? Wollte er irgendwas vertuschen? Bestimmt hatte ihn diese raffinierte Nadeschda endlich rumgekriegt, und nach der Reise würde er ihr, Cilly, reinen Wein einschenken und sie endgültig abservieren. Nein, mein Lieber, nicht mit mir! Doch nun hörte sie, was Stefano sonst noch zu sagen hatte. Er schien es ernst zu meinen, hatte schon einen billigen Flug im Internet heraus gesucht. Auch sprach er ganz vernünftig von „mal gemeinsam was unternehmen, vielleicht finden wir dann wieder besser zueinander. Wir sollten doch unsere künstlerischen Tätigkeiten gegenseitig mehr respektieren. In so einem Urlaub im Gebirge, abseits vom Touristenrummel hätten wir sicher viele Gelegenheiten zu Gesprächen". Sie horchte auf. Nun gut, das klang alles sehr wohl überlegt. Blieb nur noch die Frage nach der Finanzierung. Stefano beruhigte sie, indem er ihr von mehreren Anfragen für Konzerte erzählte, die er in den letzten Tagen erhalten hätte, und wovon er sich recht ansehnliche Gagen erhoffte. Auch das sollte eigentlich eine Überraschung für seine „liebe Cilly" sein, aber nun war es einmal heraus.

Cilly reagierte verwirrt. Wenn Stefano das wirklich alles ernst meinte, das wäre himmlisch! Der kleine Staat Andorra, den sie immer so gern sehen wollte, tolle Idee! Und da könnte man vielleicht…Kein Touristenrummel, verschlafene kleine Orte, einsame Gebirgspässe ohne Polizisten, tiefe Schluchten… Ja, da müsste sich doch etwas machen lassen! Cilly entschied sich nach diesen Überlegungen schnell. Sie umarmte ihren Gatten, wenn auch etwas hölzern, dankte ihm für diesen großartigen Einfall, bestätigte ihm auch ihren Willen zu anregender Zweisamkeit und kreativen Gesprächen.

In der Zeit bis zum Reiseantritt herrschte ein merkwürdiges Klima im Künstlerhaushalt. Jeder war bemüht, Streit oder auch nur Meinungsverschiedenheiten zu vermeiden. Man fragte sich gegenseitig nach seinem Befinden, wie man geschlafen habe, ob man noch eine Tasse Tee möchte, was man zum Mittagessen wünsche… Dies alles war lange nicht mehr vorgekommen, und beide fanden es etwas unheimlich. Doch darüber wurde NICHT gesprochen, - aus gutem Grund. Auffallend einig waren sie sich auch bei der Wahl des Quartiers. Einsam sollte es sein, hoch oben in den Bergen, und natürlich preiswert, deshalb hatten sie sich selbstverständlich für die Nebensaison entschieden.

An einem nebligen Tag im Februar war es soweit. Am Flughafen Andorra LaVella angekommen, bestiegen sie einen Linienbus, der sie in halsbrecherischer Fahrt in den auserwählten Gebirgsort brachte. Von der Bushaltestelle aus hatten sie mitsamt ihrem Gepäck noch eine gute halbe Stunde zu Fuß zu gehen. Endlich tauchte eine Pension vor ihnen auf, deren Äußeres weit entfernt war von dem strahlenden Foto im Internet. Mit Mühe konnten sie den Namen über der Tür entziffern, auch wenn zwei Buchstaben fehlten. Beiden Ehepartnern schwirrten dieselben Gedanken durch den Kopf, sie hüteten sich jedoch, sie dem anderen mitzuteilen.

Eine ungepflegte Frau im Rentenalter empfing sie mürrisch. In gebrochenem Deutsch teilte sie mit, dass sie schon ziemlich lange gewartet habe, eigentlich wollte sie die Tür gar nicht mehr öffnen, und sie seien sowieso ihre letzten Gäste. Wie das gemeint war, erschloss sich Stefano erst ein paar Tage später. Eine Woche hatten sie nun Zeit, jeder für seine eigenen Pläne. Es herrschte Einigkeit: Sie wollten vorwiegend allein sein, Wanderungen machen, abends im Warmen sitzen und die geplanten Gespräche führen, lesen und malen. Soweit gab es keine neuen Streitpunkte. Trotzdem hatte jeder von ihnen das Gefühl, dass der andere ihn belauere. Beide schienen auf irgendetwas zu warten, was zum Beispiel einem Vulkanausbruch oder einem Erdbeben gleich käme.

Auf ihrer ersten Gebirgswanderung an einem sonnigen, wenn auch kalten Tag entdeckten sie gemeinsam die Eigenheiten der Umgebung, die so anders war als der norddeutsche Wald. Doch das, was Cilly finden wollte, war nicht dabei. So bat sie Stefano, die Wirtsleute nach einer Wanderkarte zu fragen, damit sie sich die interessantesten Strecken heraus suchen könnten. Bei dieser Gelegenheit erfuhr er, dass die Pension mit Ablauf ihrer Urlaubswoche aufgegeben und von den Inhabern verlassen werden würde. Die wollten dann erstmal eine längere Reise zu ihren Kindern in die USA antreten. Stefano behielt diese Information für sich, dachte an den Fahrstuhl, an den „Weg in den Himmel".

Cilly beabsichtigte eine zweite Wanderung in die „wilde Bergwelt", wie sie sich ausdrückte, mit steilen Pfaden, vorbei an geheimnisvollen Lichtungen, verwunschenen Tümpeln und tiefen Schluchten. Stefano betrachtete seine Frau erstaunt. Wo kam dieser plötzliche Abenteuersinn her? Diese Liebe zur Natur? Doch schnell schweiften seine Gedanken wieder ab, hin zum letzten Tag ihres Hierseins, den er bereits sorgfältig plante. Es würde nicht schwer sein, die Wirtsleute zu überreden, dass sie noch einen weiteren Tag bleiben dürften. Man könnte eine Unpässlichkeit vorschieben. Sie würden den Schlüssel dann per Post in die USA schicken. Cilly hätte sicherlich nichts gegen eine Urlaubsverlängerung einzuwenden bei ihrer neu entdeckten Liebe zur Natur. Sollte sie Skeptik zeigen, könnte er immer noch sagen, dass ihm beim Buchen des Fluges ein Irrtum im Datum passiert war, und der Flug sowieso erst einen Tag später ginge. Bisher hatte er die Tickets unter Verschluss gehalten, notfalls könnte er sogar behaupten, er hätte sie verloren. Im Gedenken an Roald Dahl wollte auch er etwas „vergessen" im Haus, nur, dass er dann mit Carola gemeinsam gehen würde, um es zu holen, dabei hätte er allerdings den Haustürschlüssel der Pension in der Hand. Auch, was Telefon und Handy betraf, würde er Vorsorge treffen.

Cilly beschäftigte sich indessen mit den Vorbereitungen zu ihrer „großen" Wanderung. Sie kehrte das fleißige Hausfrauchen hervor, belegte Baguettes mit Schinken und Käse, hatte sogar einen Salat vorbereitet, überlegte, ob sie zwei oder drei Wasserflaschen einpacken sollten, oder doch lieber heißen Tee, fragte nach Stefanos warmen Socken und seiner Fellmütze. Auch bat sie ihn, sich noch einmal genau den Verlauf ihres geplanten Weges anzuschauen, und ungefähr abzuschätzen, wann sie denn auf dieser Lichtung bei der Schlucht ankommen würden, denn da wolle sie gerne Rast machen. Welch ungeahnte Fürsorge war da in ihr erwacht? Stefano wunderte sich.

Die Witterungsbedingungen an diesem Tag waren günstig, kein Regen, kein Schnee, kein Nebel, Temperatur erträglich. An besagter Lichtung angekommen, äußerte Cilly den Wunsch, erstmal die Tiefe der Felsschlucht zu betrachten und zu fotografieren, damit sie sie zu Hause malen könne. Sie hakte Stefano neckisch unter mit den Worten: „Komm nur, sei kein Feigling, wir können doch ruhig ganz dicht rangehen und hinunter schauen. Oder hast du Angst?" Stefano

zögerte: „Du weißt doch, mir wird so schnell schwindelig…"
„Ach was, ich halte dich doch fest! Nur einen Augenblick! Ich mach nur schnell ein Foto! Dann packen wir unseren Proviant aus und dir wird gleich wieder besser." Als Feigling wollte der ehemalige Heldentenor nun wirklich nicht dastehen, und so ließ er sich an den Abgrund ziehen.

Cilly verspürte einen inneren Kampf. Doch als der Name Nadeschda in ihrem Kopf aufblitzte, ging ihr einmal gefasster Plan als Sieger daraus hervor. Sie versetzte ihrem Gatten einen heftigen Stoß. Beim Anblick der fallenden Gestalt, die ihr den Rücken mit dem Rucksack zukehrte, ergriff sie denn doch ein unangenehmes Würgen. Das wurde allerdings in Sekundenschnelle abgelöst von der Empfindung eines heftigen Ruckes an ihrem Gürtel. Die Feststellung, dass noch immer eine Verbindung zwischen ihnen beiden bestand, nämlich in Form seines Rucksackbändchens, das sich an ihrer Gürtelschnalle verhakt hatte, nützte ihr nichts mehr, denn Cilly folgte ihrem Mann bereits in die Tiefe.

fortissimo

Heute sind sie wieder alle nett mit mir. Ich habe beim Frühstück alles aufgegessen und nichts verschüttet. Das habe ich gut gemacht, das weiß ich. Sie sollen nicht mehr mit mir schlecht reden und mich böse ansehen. Heute nicht, deshalb habe ich mich ganz allein angezogen. Ich habe das angezogen, was sie gesagt haben. Ich will lieber jeden Tag das rote Kleid anziehen und gar keine Strümpfe, aber heute habe ich das angezogen, was sie gesagt haben. Ich mag aber das rote Kleid am liebsten, es ist von meiner Schwester, - meiner großen Schwester. Meine Schwester Pepi ist groß und schön und ist meine Pepi. Aber heute sollte ich etwas anderes anziehen, sie wollen mir das rote Kleid wegnehmen, aber ich habe nicht geweint und ich war auch nicht laut, ich habe sie gelassen. Ich will gut sein, weil sie mir etwas versprochen haben, - etwas sehr, sehr Schönes, haben sie gesagt. Und es ist heute Abend, haben sie gesagt, und ich soll ganz ruhig sein und mich freuen.

Und am Nachmittag war wieder die Frau da, die manchmal mit mir über Pepi spricht. Die Frau ist nie böse oder laut. Ich mag die Frau, ich weiß nicht, wie sie heißt. Manchmal weine ich bei ihr, weil ich an Pepi denke und an ihre schönen langen Haare, und dann streichelt mich die Frau, genauso wie Pepi. Ich habe erzählt, dass heute etwas Schönes für mich kommt, ich habe nicht geweint. Die Frau hat auch gesagt, dass ich eine Freude habe am Abend und sie kennt das und dass sie vielleicht auch da ist.

Hier sind so viele Menschen und ich sehe mich immerzu um, ob die Frau schon da ist, aber ich kann sie nicht finden. Und es kommen immer mehr Menschen, manche haben auch ein schönes rotes Kleid an, genauso wie meins. Aber meine Birgit sagt jetzt, ich soll nicht so viel gucken, das mögen die Leute nicht. Meine Birgit ist mitgekommen, sie kommt immer mit, wenn ich weg muss. Birgit geht so gerne mit mir spazieren und einkaufen und Birgit sagt zu den anderen Menschen, was ich will, wenn es mir gerade nicht einfällt.

Aber manchmal ist Birgit böse mit mir wie Pepi einmal, und dann mag ich Birgit gar nicht und falle vor lauter Wut hin. Ich will nicht, dass einer böse mit mir ist, das soll Birgit auch merken, genauso wie Pepi. Aber heute will ich das Schöne, was sie mir versprochen haben, und ich bin ganz ruhig, so, wie mir die Frau heute gesagt hat, und Birgit sitzt neben mir und ist nicht böse.

Es kommen noch immer mehr Menschen, und jetzt – jetzt setzt sich eine Frau auf den Platz bei mir. Sie hat ein rotes Kleid an, ein schönes rotes Kleid. Und wo ist mein rotes Kleid? Pepi hat es mir doch geschenkt! Soll ich Birgit fragen? Lieber nicht, nachher wird sie noch böse. Jetzt kommen auch da vorne Leute, sie haben alle diese Sachen in der Hand, von denen ich immer die Namen vergesse. Aber ich weiß, Pepi hat eine Geige, so heißt das. Und sie macht schöne Musik, ja, jetzt weiß ich es wieder, sie macht schöne Musik! Und was ist das Schöne heute Abend? Alle die Leute da vorne, die vielen Leute mit ihren Geigen und anderen Sachen in der Hand, werden sie auch schöne Musik machen? Ja, das werde ich mir anhören, und dann sage ich Birgit, ob sie genauso schön spielen wie Pepi. Ich habe heute ein blaues Kleid an, nicht das rote. Ich weiß etwas von diesem Kleid, aber ich habe es so lange nicht mehr gesehen… Die Frau neben mir guckt mich an, ihr rotes Kleid ist so schön, ich glaube, sie ist böse auf mein blaues Kleid. Jetzt weiß ich es wieder, ich habe hier zwei Taschen in diesem Kleid, und einmal habe ich etwas versteckt in einer Tasche, und da ist Pepi so böse geworden.

Alle Leute sind auf einmal ganz still, die Frau neben mir guckt jetzt nach vorne, nicht mehr zu mir, aber ich glaube, sie ist immer noch böse. Und jetzt wird es ein bisschen dunkel, ach, und die Musik fängt schon an, - ganz leise, das ist schön. Aber es wird immer lauter, und die Frau neben mir guckt immer böser. Und Pepi war auch einmal so laut mit ihrer Geige und sie war so böse, weil ich etwas in meiner Tasche versteckt hatte. Ich will, dass mein Kleid auch rot ist, dann ist die Frau nicht mehr böse und die Musik wird bestimmt schöner.

Ich habe heute wieder etwas versteckt in meiner Tasche, als Birgit ihren Mantel geholt hat. Ich wollte doch ganz ruhig bleiben, deshalb habe ich es lieber mitgenommen. Als Pepi so böse wurde, habe ich sie damit auch ganz ruhig gemacht und ihr Kleid wurde so schön rot. Und jetzt hole ich es aus meiner Tasche und mache es mit der Frau genauso wie mit Pepi, und dann läuft das Rote von der Frau auch auf mein Kleid und die Frau ist nicht mehr böse. Sie wird dann nämlich auch ganz müde, so wie Pepi…

Teezeremonien

Die porzellangesichtige Asiatin hob den Deckel der Teeschale. Der Blick des Gastes traf auf bunte Blüten sowie bohnenförmige und beerenartige Gebilde. Diese kleine Sammlung wurde mit heißem Wasser übergossen aus einer leider sehr gewöhnlichen Thermoskanne. Augenblicklich blühten die Blümchen noch weiter auf, doch wurden sie gleich darauf wieder zugedeckt, begleitet von dem lächelnden Gebot, erst nach vier Minuten mit dem Trinken zu beginnen. Er sollte dabei mit dem Teetassendeckel die Blüten ein wenig nach hinten schieben, um den Tee darunter quasi hervor zu saugen. Dazu musste man das Teeschälchen mit beiden Händen an den Mund führen. Aus der Warmhaltekanne könne er sich dann ruhig noch öfter bedienen um den Aufguss zu erneuern, doch zwischendurch immer wieder ein wenig warten. Das also war der "Chrysanthemen-Tee mit acht Schätzen", wie Kristoff dem reichhaltigen Teeangebot entnommen hatte.

Kristoff Sörensen, der eher unromantisch veranlagte Informatiker, hatte nie viel übrig gehabt für Teegetränke, schon gar nicht für deren komplizierte Zubereitungsverfahren. Hier aber, im Teehaus des chinesischen Gartens in einem der Berliner Randbezirke, blieb einem kaum eine andere Wahl. Er war zu einer Tagung in die Hauptstadt gekommen, hatte viele informative Gespräche geführt und genoss nun die fast meditative Ruhe, die diese Umgebung verströmte. Allein wollte er jetzt sein, um die vielen Eindrücke zu verarbeiten. Dazu würde ihm die Beschäftigung mit den Teeblüten sicherlich genug Muße geben. Als Beigabe zerbröselten papierdünne Teigtäschchen ihren Sesam-

Kokosgeschmack sanft auf seiner Zunge. Er sah aus dem Fenster. Ja, dieser chinesische Garten ist schon etwas Einmaliges hier mitten in Europa. Ein großer See bildet sein Zentrum, umgeben von verschiedenen Bauwerken, Brücken und Ruheplätzen. Im Wasser schaukelt eine Dschunke, an den Ufern liegen bizarr geformte Felsen, die der Fantasie kaum Grenzen setzen. Hohe Gräser wiegen ihre feinen Härchen im Wind, die Zweigwerke einiger Trauerweiden versuchen, die Wasseroberfläche zu erreichen.

Kristoff begoss bereits ein drittes Mal seine Blütenschale. Während er geduldig wartete, bis sich das Aroma erneut entfalten würde, schweiften seine Gedanken in die Ferne. Wie es wohl wäre, mit so einer Dschunke auf dem Yangtze von Shanghai aus in das chinesische Reich hinein zu fahren, oder vielmehr zu schaukeln? Merkwürdig, wie das Wort „Dschunke" mit dem deutschen Begriff „schaukeln" zusammen klang, besser noch mit „schunkeln". Das chinesisch plappernde Personal hinter dem Tresen fügte sich angenehm in seine Träumereien ein.

Plötzlich ging die Tür auf. Kristoff zuckte zusammen. Er ertappte sich, wie er sich ebenfalls schon hin und herwiegte, fast im Rhythmus der wehenden Gräser. Gerade noch rechtzeitig stoppte er seine Körperbewegungen, schüttelte kurz den Kopf und sah sich die neuen Gäste an. Eine Männergruppe betrat das Restaurant. Unter ihnen erkannte er einige der Tagungsteilnehmer. Bloß jetzt keine Fachgespräche mehr, dachte er und beugte sich über seine Trinkschale, als suche er etwas darin. Doch, seinen Tee wollte er unbedingt noch zu Ende genießen. Nachdem die Herren Platz genommen hatten, blickte er wieder zum Fenster. Es fing bereits an zu dämmern. Leichter Nebel stieg aus dem

Wasser herauf. Unseren Gast überkam eine gewisse Beklommenheit. Morgen früh wieder nach Hamburg, dann gleich in die Firma und Bericht erstatten, Entscheidungen treffen, Anweisungen geben. Das lag so fern, so weit weg von seiner Dschunkenträumerei, schade! Noch einmal leerte er die zierliche Teeschale, dann bezahlte er und ging hinaus.

Kristoff schwankte ein wenig, er hielt sich am Geländer fest, als er die hölzernen Stufen zur Brücke hinunter tappte. Der Nebel war dichter geworden. Abwärts kam ihm der Weg jetzt viel länger vor als beim Betreten des Restaurants. Endlich unten angekommen, schien ihm der knorrig geformte Felsen am Fuß der Treppe plötzlich viel größer und überdies lebendig geworden zu sein. Er reckte sich ihm mit drohender Gebärde entgegen. Während Kristoff versuchte auszuweichen, erblickte er auf dem Wasser ebenfalls Gestalten, - Nebelgestalten mit wallenden Gewändern, mit fliegenden Haaren, mit zu Fratzen verzogenen Gesichtern. Sie schwebten auf ihn zu, kamen immer näher, griffen nach ihm. Kristoff wandte sich um. Ein zweiter Felsen war zum Leben erwacht und versperrte ihm den Rückzug. Was sollte er tun? Wo konnte er hin? Wo war er überhaupt hergekommen? Da sah er die Dschunke! War sie seine Rettung? Vielleicht gelang es ihm, mit ihr das andere Ufer zu erreichen? Tatsächlich bewegte sie sich auf ihn zu. Das Seil, mit dem sie vorhin noch festgebunden war, schlich träge hinter ihr her. Auch konnte er jetzt an Deck die Umrisse eines menschlichen Wesens ausmachen. Kristoff versuchte, sich an den drohenden Steinhünen vorbei zu drücken, doch da fühlte er bereits, wie eine Riesenfaust ihn aufhob und in das hölzerne Gefährt hineinsetzte. Kurz bevor ihm vollends die Sinne schwanden, drangen aufgeregte Männerstimmen in sein Bewusstsein. War es deutsch oder chinesisch? Dann nichts mehr.

Irgendwann später findet Kristoff sich in einem Großraumbüro wieder. Er blickt sich vorsichtig um. Mehrere Herren mit ihm bekannten Gesichtern sitzen stumm an bildschirmbestückten Schreibtischen. Sie sehen alle in dieselbe Richtung. Dort steht ein Chinese in schwarzem Anzug, der folgendes erklärt: „Meine Hellen, ich bglüße Sie in der Hauptstadt unsele Volkslepublik China. Wir blauchen hier besonders viele kluge Männel mit Ihlem technischen Fachwissen. Wenn dieser Auftlag beendet ist, bekommen Sie Ihle Pässe zulück, ebenso das Flugticket nach Deutschland. Bis dahin sind Sie selbstverständlich unsele Gäste."

„Gärten der Welt" Berlin

Ihr Name war Flora

Komm, heute kannst du mal wieder am Fenster sitzen. Dann fällt das Licht auf deine glänzenden Locken, deine Haut schimmert rosig, und die Farbe des Kleides, das wir heute gewählt haben, kommt viel besser zur Geltung. Aber schau nicht wieder so oft hinaus auf die Straße! Der junge Mann mit dem Porsche ist lange nicht mehr gekommen, und er wird auch nicht mehr kommen, schon gar nicht deinetwegen, das bilde dir mal ja nicht ein! Und du hast es doch gar nicht nötig, sieh mal, hast du es nicht gut bei mir?

Ja, ja, ich weiß, er hat einmal hoch geschaut zu dir, und dann gleich noch mal, weil du wieder deine Glutaugen gemacht hast! Aber so geht das doch nicht! Das weißt du doch genau! Komm, sei lieb und hör mir zu! Ich habe doch nur noch dich, du bist mein Ein und Alles! Nicht so wie die Schlampe, die mich um meine Ersparnisse gebracht hat! Sie nannte sich Roxana Gold und wollte eine VIP-Boutique eröffnen! V-I-P, very important persons! Wenn ich das schon höre! Wie hat sie mir in den Ohren gelegen, was sie alles für tolle Leute kennt, aus München und aus Berlin und aus Düsseldorf und was weiß ich noch! Und die würden alle kommen, hierher, nach Groß Borstel, nur um IHRE Klamotten zu kaufen, in IHREM Laden! Na klar, Roxana Gold mit der Gold-Boutique in Groß Borstel! Damals habe ich ihr doch tatsächlich geglaubt, ich dreimal bekloppter Trottel! – Weißt du, wie die in Wirklichkeit hieß? – He, hörst du mir überhaupt zu? Du solltest doch nicht aus dem Fenster gucken!

Also, pass auf, die hieß einfach nur Karin Schmidt! Und weißt du, wo die her kam? Ja, genau, ich habe es dir schon mal erzählt: Die kam geradewegs von der Reeperbahn und hatte Schiss vor ihrem letzten Zuhälter. Und dann hat sie die Sache mit dem Kredit eingefädelt und… na ja, den Rest kennst du ja. Komm, lass dich mal streicheln, dann setze ich gleich den Kaffee auf.

Ja, ist lange her, und irgendwann hatte ich mich dann finanziell wieder ein bisschen berappelt. Mein Job ging ja wenigstens weiter, und ich vergrub mich darin richtig, um dieses freche Weibstück zu vergessen. Damals schwor ich mir, dass so was mir nicht noch einmal passieren würde. – Ist dir auch nicht zu warm am Fenster? Soll ich den Vorhang vorziehen? Nein? Na gut, hast recht, du willst lieber rausgucken, ja? Aber du hörst mir doch zu, oder?

Ach, die Kaffeedose ist schon wieder leer! Warte, ich gehe eben nachsehen, ob noch ein Ersatzpaket da ist. Bleib schön sitzen! – Ich meine doch, dass ich Kaffee mitgebracht hatte beim letzten Großeinkauf. Heute gehe ich nicht raus, nein, nein! Brauchst gar nicht so zu gucken. Heute ist es im Supermarkt viel zu voll! Ich hasse es, wenn die Leute mich anstarren, weil ihnen vielleicht meine Jacke nicht gefällt. Wenn sie in meinen Einkaufswagen glotzen und darüber tuscheln. Wenn sie mir in der Schlange an der Kasse zu nahe kommen, mich anschubsen, am liebsten in mein Portemonnaie kriechen würden, um es mir vielleicht hinterher brutal weg zu reißen! Nein, nein, ich gehe lieber ganz früh am Samstagmorgen einkaufen… wenn die Leute noch alle faul in ihren Betten liegen, weil sie am Wochenende ausschlafen wollen. Höchstens ein paar Rentner sind schon unterwegs, obwohl, - bei denen weiß man heutzutage auch manchmal nicht mehr so richtig, woran man ist. Dann hätten wir eben heute Morgen Tee trinken müssen! Nee, aber hier ist der Kaffee, guck, ich bin schon wieder da. Hast du dich gelangweilt? Du nimmst eine Tasse, wie immer, oder möchtest du heute zwei Tassen? Du bist bescheiden, ich weiß, und ich weiß es zu schätzen, das sag ich dir, mein Florachen, ganz bestimmt!

Was das anbetrifft bin ich schließlich ein gebranntes Kind, wie man so sagt. Da war diese Me…, wie hieß die doch noch, Me…, nein, Ma…, ach, hilf mir doch mal! Du hast es vergessen, ist klar! Willst natürlich auch nicht an sie erinnert werden! Kann ich verstehen. Ich eigentlich auch nicht. Aber wenn ich hier schon beim Frühstück- machen bin, fällt sie mir eben manchmal wieder ein, dieses Monster von einer Frau! Nein, sie hieß weder Me noch Ma., sondern Selma. Ja, Selma hieß sie, jetzt fällt es mir wieder ein. Und sie fuhr Motorrad! - Ich Idiot! Da hätte es gleich bei mir klingeln sollen! Eine Frau, die Motorrad fährt, vorne, auf dem Fahrersitz! Was glaubst du, was mit solchen Frauen los ist? Ja genau, sie sind Monster, nichts anderes!

Immer musste ICH das Frühstück machen, und auch zu den anderen Tageszeiten fühlte sie sich in der Küche nicht gerade wohl. Was die da manchmal zusammen brutzelte! Grauenhaft! Hab ich dir ja schon mal erzählt, weißt du noch? - He, Flora, hörst du mir überhaupt noch zu? Du bist schon wieder abgerutscht! Warte, ich helfe dir. - So, jetzt geht es wieder besser, was? Ja, schau nur aus dem Fenster! Er kommt heute nicht und wird auch morgen nicht kommen, das habe ich so im Gefühl, ein Bauchgefühl, wie ihr Frauen so gerne sagt. Ha, ha, aber wir Männer haben auch Gefühle, und das nicht zu knapp, sage ich dir! Dummerweise schwappten meine Gefühle bei dieser motorradfahrenden Selma förmlich über! Ich war ja dermaßen verknallt in die, dass für mich nichts anderes mehr existierte als Selma, Selma, Selma - und ihr blödes Motorrad! Kannst du dir das vorstellen? Das ging solange, bis sie völlig überschnappte, und zwar auf der Fahrt nach Dänemark.

Ich hatte überhaupt keine Lust zu verreisen, aber sie ließ ja nicht locker! Sie wollte unbedingt in dieses Ferienhaus am Öresund, und das sollte auch gar nichts kosten, weil es ihrer Tante gehörte und kurz vor der Renovierung stand, deshalb konnte es nicht mehr vermietet werden. Aber für uns hätte die Bruchbude wohl noch gereicht, ha,ha! Tja, leider kamen wir da ja nie an, denn Selma kriegte endlich mal die Quittung für ihren höllischen Fahrstil! Ich leider auch, denn, du weißt ja, mein Bein…, aber dich, süße Flora, stört das doch nicht, oder? Dass ich eine Prothese trage und keine großen Sprünge mehr machen kann ist dir doch ganz egal, nicht wahr? Andere Frauen denken da ganz anders: Die faseln immer was von Tanzen gehen und Bergwandern und ob es denn im Bett überhaupt geht… So'n Quatsch! Natürlich geht es im Bett, nicht Flora, du weißt es!

Und Selma, die an allem Schuld war, war ja dann weg vom Fenster. Ich konnte damals so schnell keine Hilfe holen, mein Bein tat doch so weh! Sie heulte immerzu und blutete auch ziemlich doll, aber was konnte ich denn dafür? Als endlich ein Auto anhielt, war es schon zu spät. Den Ärger mit der Leiche hatte ich allerdings noch! Mein Gott, war das ein Umstand, - in Dänemark! Ich wollte dir das ja bisher gar nicht erzählen, weil ich dachte, dass es dich traurig macht, aber du hörst mir immer so geduldig zu, das mag ich so an dir!

War ja auch kein großer Verlust, diese Selma. – Viel schlimmer ist das mit meinem Bein. Natürlich hab ich meinen Job verloren durch die vielen Krankenhausaufenthalte. Dieses Schwein von einem Chef hat mich einfach gefeuert! Hat gesagt: So lange Krankheiten können wir uns hier nicht leisten. Nicht mal: „Tut mir Leid!" hat er gesagt. Das ist doch wohl das Mindeste, was einem in so einer Situation einfällt, oder was meinst du? So ein herzloses Dreckstück! Und woanders was finden? Hab ich ja alles versucht! 300 Bewerbungen hab ich geschrieben. Aber in meinem Alter und mit dem Bein? Nee, nee, nichts, aber auch gar nichts war für mich übrig auf dem deutschen Arbeitsmarkt. Jetzt hab ich's aufgegeben, du weißt ja… Jetzt bin ich nur noch für dich da, und ich fühle es, du wirst mich nicht enttäuschen.

Bei Jacqueline, da war ich noch eifersüchtig! Die hat mich zur Weißglut gebracht mit ihrem Geflirte! Erst mit meinem Freund Torsten, dann mit dem Kollegen vom Außendienst und dann noch der Kerl in der Kantine! Kannst du dir das vorstellen? Vor allen Leuten hat sie mich blamiert, als sie dem Lackaffen am Nebentisch schöne Augen gemacht und ihr Dekolleté noch ein bisschen weiter runter gezogen hat. Weißt du, Flora, da ist mir einfach der Kragen geplatzt – da hab ich zugeschlagen. Das kannst du bestimmt verstehen, oder? Das Geschrei war natürlich groß, die andern Leute fanden das wohl nicht so toll, aber schließlich war das doch nur eine Sache zwischen Jacqueline und mir! Und meinem Freund Torsten hab ich später auch noch meine Meinung sehr nachdrücklich vermittelt. Den war ich dann los, genauso wie Jacqueline. Aber wozu brauche ich Freunde, wenn ich doch dich habe? Flora, - Flora? Hörst du mir noch zu? Wo guckst du denn schon wieder hin! Bist wieder abgerutscht!

Warte, ich helfe dir. -- Verdammt, noch mal, du Luder! Ist dieser Porsche-Angeber doch tatsächlich wieder aufgetaucht! Und glotzt! -- Du bist genau so ein Miststück wie alle anderen!

Er nahm das Steakmesser aus der Küchenschublade und stach zu, genau zwischen ihre üppigen Brüste. Sie erschlafften sofort. Dann bildeten sich tiefe Falten in ihrem Gesicht, ihr auf diese Weise geschrumpfter Kopf sackte nach vorn. Ganz allmählich rutschte der gesamte Frauenkörper vom Stuhl auf den Küchenfußboden, begleitet von dem leisen Zischen, das entsteht, wenn einer lebensgroßen Silikonpuppe die Luft entweicht. Er hatte sie Flora genannt.

...irgendwas mit Blumen

Ich weiß es nicht, ich weiß es doch nicht mehr, ich habe es auch nicht verstanden, ... irgendwas mit Blumen!" schluchzte die Gattin des Toten auf die Frage der Kommissarin. „Wie, irgendwas mit Blumen? Wie meinen Sie das? Was genau hat er gesagt? Etwa so was wie: Die Blumen müssen noch bezahlt werden? Oder: Die Blumen sind noch ..." weiter kam Kommissarin Telzki nicht, denn die verstörte Gärtnergattin schniefte dazwischen: „Nein, nein, nicht Blumen..., ich meine, ein Blumenname, es war der Name einer Blume, aber ich kenn mich da doch gar nicht aus, ich meine, mein Mann hat das doch alles allein gemacht!" Verzweifelt suchte sie ihre Jackentaschen nach einem Taschentuch ab, allerdings ohne Erfolg. Corinna Telzki half aus mit einem bunt bedruckten Kindertüchlein aus Zellstoff. Die verwitwete Dame tat der Hygiene Genüge, um dann den fragenden Augen der Kommissarin nachzugeben: „ Ich arbeite im Außendienst einer Kosmetikfirma und bin oft den ganzen Tag unterwegs, so wie gestern auch. Mein Mann und ich haben getrennte Schlafzimmer, er muss immer so früh hoch wegen der Blumen, ich komme abends oft spät nach Hause, so hat jeder von uns seine eigene Zeiteinteilung. Aber die Wochenenden, die sind unser, da machen wir uns es so richtig schön gemütlich, ganz ungestört", hier stockte sie und schluchzte laut auf. „Nein, nun kann ich nur noch sagen: machten es uns gemütlich. – Was ist bloß passiert? Wieso liegt er hier so?" Ihr tränenverhangener Blick heftete sich wieder auf den Leichnam ihre Mannes Ingo Salis, dessen Oberkörper auf dem Pflanztisch mit den Frühlingsblumen lag, das Gesicht ins Erdreich gedrückt. Der Rücken seiner dunkelgrünen Arbeitsjacke wies Löcher auf und war blutgetränkt. „Frau Salis", versuchte die Kommissarin noch einmal, „Ihr Mann lebte also noch, als Sie ihn fanden. Glauben Sie, dass er Ihnen einen Hinweis geben wollte auf seinen Mörder oder seine Mörderin?" „Mörderin? Glauben Sie etwa, dass das eine Frau war? Wollen Sie vielleicht noch behaupten, er hätte eine Geliebte gehabt?" Antonia Salis' Stimme überschlug sich fast, ihr sorgfältig geschminktes Gesicht färbte sich verhalten rot. „Nein, nein, ich meine ja bloß, - man muss doch mit allem rechnen. Und wir haben da unsere Vorschriften …", versuchte Frau Telzki zu erklären, „ wir dürfen nicht nur die männliche Form …" „Ja, ja, ich weiß, entschuldigen Sie, es ist …, ich kann das hier nicht ertragen! Wir waren noch gar nicht lange verheiratet, ich habe ihn so geliebt, wir waren glücklich! Und gerade in diesem Frühling wollten wir… Nein, ich versuche jetzt, mich zu erinnern, vielleicht bringt es Sie weiter. Also: Er hob seinen Kopf, als ich ihn fand und flüsterte irgendeinen Blumennamen mit P, wenn ich es nur noch wüsste! Pelargonien oder Petunien oder so … Was gibt es denn noch mit P?" Es entstand eine Pause. Die Kommissarin blickte suchend im Gewächshaus umher, als erwartete sie, ein großes P an irgendeiner Blume zu finden. „Oder sagte er Päonien?" sagte sie plötzlich. „Könnte auch sein. Ich war ja viel zu erschrocken, um darauf zu achten! Er sprach auch so undeutlich, und ich dachte, das sei völlig egal, was er sagt, Hauptsache, ich könnte ihm schnell helfen! Ich habe ja dann gleich die Polizei angerufen, und als ich wieder zu ihm hinsah, war es schon zu spät." Blicklos starrte sie jetzt vor sich hin, mascara-gefärbte

Tränen liefen über ihre Wangen. Corinna Telzki schaute verstohlen auf ihre Armbanduhr. Sie dachte an ihre kleine Tochter, die sie in einer Stunde vom Kindergarten abholen sollte. Ob sie das noch schaffte?

Die Männer der Spurensicherung trafen jetzt ein. Sie baten die beiden Frauen, den Tatort zu räumen. Frau Salis hatte ihr Gefühlsleben wieder etwas besser unter Kontrolle, und so wurde das Gespräch im Wohnzimmer des Blumenhändlerehepaares fortgesetzt. Die Kommissarin stellte die üblichen Fragen:
Hatte Ihr Mann Feinde?
Hatte er Schulden?
Gab es auffällige Personen in seinem Umfeld?
Hatte er Streit mit jemandem?
Hat er sich in der letzten Zeit irgendwie verändert?
Antonia Salis versuchte so konzentriert wie möglich zu antworten, allerdings konnte sie größtenteils verneinen: keine Feinde, keine Schulden, jedenfalls so viel sie wusste, nichts Auffälliges, keine Personen, - ach ja, vielleicht doch: „ Mein Mann hat in letzter Zeit öfter die Rosenverkäufer beliefert, wissen Sie, die abends in Restaurants einzelne Rosen verkaufen. Erst wollte er sich gar nicht darauf einlassen, weil er Angst hatte, dass er sein Geld nicht kriegt. Aber dann hat ihm ein befreundeter Blumenhändler den Tipp mit der Reiselizenz gegeben und dass die immer bar zahlen müssen und deshalb hier geduldet werden. Jetzt im Frühling sollte das Geschäft besonders gut laufen wegen der vielen Liebespaare. Da sind dann ab und zu drei oder vier von diesen Typen gekommen. Die waren mir schon ein bisschen unheimlich, aber Ingo hat mich beruhigt, er hat auch keine Verluste gehabt, weil die prompt bezahlt haben." Die Kommissarin horchte

auf. „Gibt es Belege für diese Lieferungen oder eventuell Namen dieser Männer?" Antonia zögerte: „ Hm, - nein, das war ja gewissermaßen ein Geschäft nebenher, wissen Sie? Als wenn jemand einfach einen Blumenstrauß kauft, allerdings einen ziemlich großen …" Ihr Versuch, unschuldig zu lächeln, missglückte. „Nein, nein, Frau Salis, ich frage nicht wegen der Einkommensteuer, sondern nur, ob es irgendwo einen Namen gibt." Antonia verzog gequält ihre Mundwinkel. „Namen? – Nein, keine Ahnung. Auf jeden Fall hatten die alle ziemlich dunkle Haut, aber auch wieder nicht so dunkel wie ein Neger." „Farbiger, Sie meinen wie ein Farbiger!" korrigierte Corinna Telzki vorwurfsvoll. Dann nickte sie eifrig, denn sie witterte endlich eine Spur. „Nun gut, dann können Sie mir bestimmt den Namen des befreundeten Blumenhändlers sagen, der Ihrem Mann den Tipp mit den Rosenverkäufern gab? Sicher weiß der mehr." „Ja natürlich, warten Sie, mein Mann hat hier letzte Woche seine neue Nummer notiert." Sie ging hinüber zum Telefontischchen. „Heiner Braun heißt er, er hat sein Geschäft in der Teutmannstraße." Nach einem erneuten Blick auf ihre Armbanduhr und der Übernahme der gewünschten Telefonnummer reichte die Kommissarin der Hinterbliebenen die Hand zum Abschied, nicht, ohne die übliche Ermahnung, wenn ihr noch etwas einfiele, solle sie sie auf jeden Fall davon in Kenntnis setzen.

In diesem Moment betrat ein gepflegt, aber unauffällig gekleideter Herr mittleren Alters das Wohnzimmer. Offensichtlich war er ebenfalls vorher im Gewächshaus gewesen und daher durch die Hoftür herein gekommen. Er nutzte das sprachlose Erstaunen der beiden Frauen, um sich kurz vorzustellen: „Marko Holbach, BKA. Entschuldigen Sie, dass ich Sie unangemeldet störe, aber da Eile geboten ist, bleibt mir keine andere Wahl." „Aha…?" antworteten beide quasi im Chor, kamen jedoch nicht weiter. Forsch wandte der Besucher sich direkt an die Kommissarin: „Ich nehme an, Sie ermitteln hier?" „Ja", kam die zögernde Antwort, mehr ließ der BKA-Mann nicht zu. „Und Sie sind Frau Salis, seit zwei Jahren mit dem Opfer verheiratet?" „Ja, - woher …" Auch Antonia kam nicht weiter. „Was hat Ihr Mann Ihnen über seine Vergangenheit erzählt?" „Vergangenheit? – Wie meinen Sie das?" Holbach versuchte, seine Ungeduld nicht allzu sehr zu zeigen: „Nun, so, wie ich es sage, Ver-gan-gen-heit", er buchstabierte förmlich, „also, was er so gemacht hat, bevor Sie ihn kennen lernten." Diese Frage brachte Antonia erneut aus dem Gleichgewicht. Sie setzte sich wieder, zuckte mit den Schultern und schluchzte: „Vergangenheit! - Was wollen Sie? Wir waren so glücklich miteinander, das ist UNSERE Vergangenheit! Was wollen Sie denn hören? – Ich weiß doch auch nichts!" „Frau Salis, bitte", versuchte Holbach sie zu beruhigen, „es tut mir aufrichtig Leid, was mit Ihrem Mann geschehen ist, aber ich muss wissen, ob Ihre Informationen mit den unsrigen zusammenpassen." „Ja, aber - ich verstehe nicht …" Sie schnäuzte sich noch einmal mit dem bunten Kindertaschentuch. „Mein Mann hat mir nichts Besonderes erzählt. Was meinen Sie denn? Wo er zur Schule gegangen ist? Wo er gelernt hat? Er hat auch mal irgendwo was studiert, er war auch mal im Ausland, ich glaube, in Amerika…" „War es Südamerika?" schob Holbach dazwischen. „Ja, ich glaube! Und dann hat er diesen Betrieb hier übernommen, übrigens auch auf den Rat von Heiner Braun." Hierbei sah sie zu Corinna Telzki hinüber.

Die sah schon wieder auf ihre Uhr, schien aber interessiert zuzuhören. „Heiner Braun", wiederholte der Mann vom BKA, „ja, ist bekannt." Ein weiteres zaghaftes „Woher wissen Sie…?" der Witwe wurde wiederum abgeschnitten, denn nun setzte er zu einem Vortrag an:„Zunächst zu Ihnen, Frau Telzki: Ihre Arbeit endet hier, - selbstverständlich erst nach Anfertigen eines Protokolls. Das BKA wird weiter ermitteln, wobei für mich der Fall ziemlich klar erscheint. Sie, Frau Salis, muss ich jetzt eindringlich bitten, sich ganz genau an die letzten Worte Ihres verstorbenen Gatten zu erinnern, ich habe draußen bereits erfahren, dass er noch lebte, als Sie ihn fanden. Alle Unterlagen und Daten über Heiner Braun und die vier von Ihrem Mann belieferten Rosenverkäufer liegen dem BKA bereits vor." Bei diesen Worten verzögerte Kommissarin Telzki wieder ihren bereits beschlossenen Abgang. „Bitte, Herr Holbach, könnte ich …" „Gehen Sie nur, Sie erfahren rechtzeitig zur Verhandlung alle wichtigen Informationen. Wollten Sie nicht Ihre Kleine vom Kindergarten abholen?" Corinnas Gesichtsfarbe ging in ein tiefes Rot über. Gab es etwas, was dieser Kerl nicht wusste? Ohne Gruß verließ sie das Zimmer und schloss die Tür etwas zu laut. Antonia holte tief Luft um endlich eine vollständige Frage anbringen zu können, da betrat ein Mann in einem dünnstoffigen weißen Overall das Wohnzimmer. Er informierte Holbach mit verhaltener Stimme: „Wie Sie schon sagten, Kasse und Tresor sind unberührt, acht sichtbare Stichwunden, dabei wahrscheinlich Durchstiche in Herz und Lunge. Genaueres nach der Obduktion. Eintritt des Todes heute gegen 8.20 Uhr. Als Tatwaffe kommt ein spitzes Messer mit Holzgriff und 15 cm langer Klinge in Frage. Es steckte in der Erde eines Pflanzkübels, zwölf Meter vom mutmaßlichen Tatort entfernt, weist aber auf den ersten Blick keine Blutspuren auf. Wir müssen die Laboruntersuchungen abwarten. Haben Sie noch besondere Anweisungen?" Holbach hatte aufmerksam zugehört, Antonia dabei aber nicht aus den Augen gelassen. Sie hatte bei den Worten „Stichwunden" und „Durchstiche" erneut aufgeschluchzt und ihr Gesicht mit den Händen bedeckt. Er schrieb etwas in sein Notizbuch, riss das Blatt heraus und reichte es dem Berichterstatter. Der zog die Augenbrauen hoch nachdem er gelesen hatte, sagte aber nichts, sondern verließ das Zimmer.

Nunmehr allein mit Antonia, fragte Holbach zunächst höflich, ob sie sich noch in der Lage fühle, weitere Informationen zu geben. Nach kurzem Zögern nickte sie, stellte aber gleich darauf endlich selbst eine Frage: „Waren es etwa die Männer mit den Rosen?" „Wie kommen Sie darauf?" „Na ja, weil Sie sagten, Sie hätten Unterlagen über die Männer und auch über Heiner Braun. Wieso eigentlich? Ich verstehe das alles nicht!" „Gut, ich sehe, ich muss Sie aufklären soweit es mir erlaubt ist", sagte Holbach. „Ihr Mann war ein so genannter Schläfer, das heißt, er wurde vor einigen Jahren von einer Untergrund-organisation ausgebildet für staatsfeindliche, oder, wenn Sie so wollen, terroristische Tätigkeiten. Danach wird der Schläfer mit einer neuen Identität in ein bürgerliches Leben geschickt, zum Beispiel als Blumenhändler, aber er muss jederzeit darauf gefasst sein, dass seine Dienste gebraucht werden. Sollte so ein Schläfer es sich dann anders überlegt haben und lieber der brave Bürger bleiben wollen, - na ja, da gibt's dann gewissermaßen kein Pardon, wie man so schön sagt. Deshalb ist es ausgesprochen wichtig, die letzten Worte Ihres Mannes festzustellen. Das Code-Wort der

Gruppe ist uns bekannt, dann wüssten wir genau, woran wir sind." „Um Gottes Willen!", fuhr Antonia auf, „ das habe ich ja alles gar nicht gewusst! Also deshalb war er in Südamerika! Und deshalb ist er meinen Fragen immer wieder ausgewichen! Und ich habe etwas ganz Anderes vermutet. Oh nein, das kann ich mir gar nicht vorstellen! Ein Schläfer? So was hab' ich schon mal im Film gesehen…" Holbach unterbrach ihren Redefluss: „Frau Salis, wir haben wenig Zeit, entschuldigen Sie nochmals, ich muss Sie an meine Frage erinnern. Sie sprachen gegenüber Frau Telzki von Blumen, welcher Blumenname war es? Oder könnte es auch ein anderes Wort gewesen sein?" Antonia wurde jetzt erstaunlich ruhig. Sie starrte vor sich hin und sagte dann langsam: „Ja, irgendwas mit Blumen, irgendwas mit P, ich weiß es aber wirklich nicht mehr. - Sagen Sie, ist Heiner Braun denn auch so ein …, so ein Schläfer? Ich meine, weil er uns doch diese Männer geschickt hat?" Holbach gab hierüber keine Auskunft, sondern stellte eine ganz andere Frage: „Sie arbeiten in der Kosmetikbranche und schminken sich deshalb täglich vorschriftsmäßig, ist das richtig?" Sie blickte erstaunt auf. „Ja, aber was heißt vorschriftsmäßig? Ich schminke mich eben, weil es mir Spaß macht und weil ich gepflegt aussehen möchte, das hebt gewissermaßen das Geschäft." Sie lächelte schwach. „Aber sagen Sie mir doch einfach ein paar Code-Wörter, dann fällt es mir bestimmt ein, was mein Mann gesagt hat." „Tut mir Leid, Frau Salis, auch das ist nicht erlaubt. Ich lasse Sie jetzt allein. Ich bin sicher, dass Sie bis morgen darauf gekommen sind. Sollte Ihnen eher etwas einfallen, können Sie mich selbstverständlich jederzeit anrufen." Damit reichte er ihr seine Visitenkarte. Noch ehe Antonia etwas erwidern konnte, verabschiedete er sich mit knappem Gruß. Die junge Witwe sah ihm nachdenklich hinterher. Dann zog sie ihr Mobiltelefon aus der Jackentasche, tippte zweimal und sagte leise: „Du, ich habe es tatsächlich vergessen. Ich komme einfach nicht mehr drauf" Nach einer kurzen Hörpause beendete sie das Gespräch.

Als sie Holbach am folgenden Tag wieder gegenüber saß und ihn mit dem schönen Wort „Patagonien" zu überraschen glaubte, war er gar nicht so erfreut, wie sie es sich ausgemalt hatte. Nein, er stellte schon wieder eine, wie sie meinte, unpassende Frage: „Und zum Schminken benutzen Sie stets die Produkte der Firma, bei der Sie angestellt sind?" „Ja – eh, nein, … aber was hat das…?" Holbach unterbrach: „Bitte antworten Sie einfach - ja oder nein?" Antonia spürte plötzlich einen heftigen Druck in der Magengrube, als hätte ihr jemand dort einen Schlag versetzt. Sie versuchte, in Holbachs Gesicht irgendwas zu erkennen, merkte aber, dass sie jetzt weitersprechen musste: „Ja, also eigentlich – nein, mit einer Ausnahme: Den losen Puder nehme ich immer von Dior, der ist zwar …" „Danke, Frau Salis, das genügt schon, mehr wollte ich nicht wissen. Allerdings, was Sie nicht wissen konnten ist, dass nicht nur Ihr Mann, sondern auch Heiner Braun unter unserer Beobachtung stand. So wussten wir, dass Sie ein Verhältnis mit ihm haben. Aber Ihr Plan, den Verdacht auf die Rosenverkäufer zu lenken, die tatsächlich aus Patagonien stammen, ist leider fehl geschlagen, denn das Code-Wort wurde vorgestern Abend geändert - übrigens in einen Blumennamen. Das war Ihrem Liebhaber dummerweise nicht bekannt. Der letzte Hinweis kam heute aus dem Labor: An der Tatwaffe befanden sich Spuren eines Puders des Kosmetikherstellers Dior. – Tut mir Leid, Frau Salis, Ihr

Frühlingstraum mit Heiner Braun nach Argentinien auszuwandern und dort vom Erlös der beiden Gärtnereibetriebe eine Rosenplantage anzulegen, ist leider geplatzt. Ein Tipp noch für Sie: In der zuständigen Justizvollzugsanstalt gibt es eine Theatergruppe. Der sollten Sie sich unbedingt anschließen, Sie haben Talent!"

Strelitzie

Kochkunst

Bratäpfel, Apfelgelee, Apfelrelish, Liebesäpfel, Apfelringe, Apfelwein, Marzipanäpfel, - all dies und noch weitere Köstlichkeiten, deren Namen ihm nicht so geläufig waren, konnte Tilli Winter zubereiten. Und regelmäßig reichte sie ihm Proben ihrer Gaumenschmeichler über den Gartenzaun. Bei schlechtem Wetter kam sie sogar an seine Haustür, um ihm ein noch warmes Stück Apfelstrudel, sorgfältig mit Alufolie bedeckt, oder ein Schälchen Kartoffelauflauf mit Äpfeln und Speck zu überlassen. Ja, die gute alte Tilli – die gab es nun nicht mehr! Vor zwei Wochen war sie friedlich entschlafen. An der Beisetzung konnte Dietrich nicht einmal teilnehmen, denn er war gerade für zehn Tage zu seiner Tochter in die Schweiz gefahren, ausgerechnet in dieser Zeit musste die arme Tilli die Welt, und damit auch ihn, verlassen.

Er selbst, Dietrich Kröger, war seit einigen Jahren Witwer. Nicht, dass er ein Auge auf Tilli geworfen hätte, nein, das nicht. Aber es war eben ihre Kochkunst, die ihn so sehr beeindruckte, die sich aber hauptsächlich um die Äpfel drehte. Allerdings hatte Dietrich manchmal den leisen Verdacht, dass das etwas mit den Auseinandersetzungen zu tun hatte, die es noch zu Lebzeiten seiner eigenen Frau zwischen ihnen gab: Der Apfelbaum, der den Rohstoff für all die köstlichen Produkte lieferte, stand sehr dicht an ihrer gemeinsamen Grundstücksgrenze. Im Sommer warf er seinen kühlen

Schatten bereits zur Mittagszeit auf Krögers Terrasse, im Herbst fiel der größte Teil seines Laubes in Krögers Garten, jedenfalls kam es Dietrich so vor, außerdem jede Menge wurmstichiges Fallobst und gleich noch haufenweise abgerissene Zweige, die Opfer der dann folgenden Winterstürme geworden waren.

Sowohl Dietrich als auch seine Frau waren es Leid, immer wieder ihre Arbeitskraft diesem riesigen Baum widmen zu müssen und dann noch nicht einmal die Nachmittagssonne auf ihrer schönen Terrasse genießen zu können. Gespräche mit den sonst sehr verträglichen Nachbarn brachten keine befriedigenden Ergebnisse, handelte es sich doch hier um eine besonders edle, sehr alte Apfelsorte, die heute gar nicht mehr zu haben wäre, und den Schössling für diesen Baum soll Kurt Winter noch von seinem Vater bekommen haben, der ihn wiederum nach dem Krieg aus seiner alten Heimat Oberschlesien herüber gerettet hatte.

Eines schönen Herbsttages eskalierte ein neuerliches Streitgespräch dermaßen, dass die beiden Männer nahe daran waren, sich mit ihren Laubharken über den Zaun hinweg tätlich anzugreifen. Von dem Gebrüll erschreckt, kam Dietrichs Frau Johanne aus dem Haus und versuchte, den Streit zu schlichten, woraufhin auch sie von dem Baumbesitzer bedroht wurde. Ängstlich wollte sie sich wieder zurückziehen, stolperte jedoch über einen der herumliegenden Äste und fiel mit dem Hinterkopf auf die steinerne Terrasseneinfassung. Der behandelnde Arzt ging zunächst von einer Platzwunde aus und versorgte sie ordnungsgemäß. Als Johanne dann zwei Monate später plötzlich verstarb, stellte sich heraus, dass die Verletzung doch nicht so harmlos gewesen war, wie angenommen. Damals schwor Dietrich sich, den unerwarteten Tod seiner geliebten Frau eines Tages zu ten Tod seiner geliebten Frau eines Tages zu rächen, indem er irgendwann über Nacht den Baum, der dieses Unglück verursacht hatte, fällen würde.

Das Ehepaar Winter zeigte sich sehr betroffen von diesem Todesfall, und so begann Tilli dem einsamen Witwer hin und wieder Kostproben ihrer Apfelprodukte hinüber zu bringen. Bald lud sie ihn sogar ab und zu zum Nachmittagskaffee ein, natürlich mit Apfelkuchen. Nach anfänglichem Zögern nahm Dietrich dies gerne an, waren doch seine eigenen Koch- und Backkünste weit von dem, was er von seiner lieben Frau gewohnt war, entfernt. Und trotzdem, - er konnte die „Schuld" des Apfelbaumes nicht vergessen, zumal ihm die damit verbundene Arbeit immer schwerer fiel.

Nun war also auch Tilli gestorben. – Keine aus Äpfeln hergestellten Leckereien würde es mehr geben, denn Kurt Winter, Tillis Mann und jetzt ihr Witwer, hatte weder das Talent noch die Geduld, sich in die Küche zu stellen und in sorgfältiger Kleinarbeit Nahrungsmittel zu produzieren. Es bedeutete schon „viel Arbeit" für ihn, einen Apfel zu schälen und in appetitliche Stückchen zu schneiden. Er putzte die Frucht nur kurz an seinem Hosenbein ab, trennte den Stiel heraus, biss kräftig hinein und verzehrte sie mit Blüte und Kerngehäuse. „Sind ja nicht gespritzt!", sagte er dann immer. „Außerdem fördert das den Stoffwechsel", - womit er das Verzehren der Kerne meinte – und grinste genüsslich.

In Dietrich stieg wieder der alte Groll hoch. Nein, jetzt musste der Baum endlich weg! Das war auch die Meinung seiner Tochter, die jeden Sommer für eine Woche zu Besuch kam. Sie hatte gerade wieder erklärt, wenn der Apfelbaum nicht im kommenden Jahr verschwunden wäre, würde sie mal etwas unternehmen… Aber Dietrich Kröger fand, das sei allein seine Sache, und so lange wollte er nun auch nicht mehr warten. Es sollte möglichst bald geschehen, das würde Kurt Winter nun einsehen müssen. Vorgestern hatte Dietrich schon eine vorsichtige Andeutung gemacht, als Kurt gerade dabei war, eine Grube auszuheben für einen kleinen Gartenteich, den er nun endlich anlegen wollte, wie er ihm erklärte. Da schien er gar nicht mehr so abgeneigt, den Baum zu fällen, er murmelte etwas von „viel Arbeit" und „esse ja auch nicht mehr so viel…", dann hatte er sich mit seinem Spaten wieder dem Erdloch zugewandt.

Entschlossen zog Dietrich seine alte Wachsjacke an und ging zum Nachbarhaus. Als er auf den Klingelknopf drückte, stieg ihm durch das geöffnete Küchenfenster ein wohlbekannter Duft in die Nase: Kuchen, Apfelkuchen! Wie konnte das sein? Hatte Kurt bereits Ersatz für Tilli gefunden? Wohl kaum! Vielleicht hat er sich eine Haushaltshilfe zugelegt, die auch mal einen Kuchen für ihn backt, - ja, das wird es sein! Dietrich war mit diesem Ergebnis seiner Überlegungen zufrieden, als sich auch schon die Haustür öffnete. Da stand Kurt, bekleidet mit seiner ewigen grauen Trainingshose, dem weinroten Sweatshirt und – einer dunkelblauen Küchenschürze, deren Mehlspuren verrieten, dass ihr Einsatz dringend notwendig gewesen war. Kurt strahlte: „Nur immer rein, Dietrich! Kommst gerade richtig zu meiner Premiere! Ich hab' meinen ersten Apfelkuchen gebacken! Wollte dich sowieso rüber holen. Muss nur noch den Kaffee durchlaufen lassen. Was sagst du dazu?" Völlig verblüfft sagte Dietrich erstmal gar nichts. Er streifte seine Schuhe ab, vergaß, seine Jacke auszuziehen und ließ sich auf einen Küchenstuhl fallen. Dann holte er tief Luft: „Was hast du gesagt? Gebacken?" „Jawoll! Da staunst du, was? Ich habe eigenhändig gebacken!

Weißt du, in der letzten Zeit ging es Tilli schon nicht mehr so gut, sie wollte nicht, dass es jemand merkt. Da bin ich ihr öfter zur Hand gegangen und habe tatsächlich einiges gelernt. Na ja, und so lange unser Baum noch steht, mach ich eben noch ein bisschen was draus. Wir hatten ja schon drüber gesprochen…" Mit diesen Worten wandte er sich der Kaffeemaschine zu. In Dietrich keimte Hoffnung auf.

Darüber gesprochen? Dann hatte Kurt ihm vorgestern doch richtig zugehört! Na prima, wenn es so einfach geworden war! Sie würden sich endlich einig werden! Inzwischen hatte Kurt Tassen und Teller aus dem Schrank geholt und dann triumphierend den etwas dunkel getönten Apfelkuchen vor Dietrich auf den Tisch gestellt. „Was sagt du dazu? Sieht er nicht genauso aus wie von Tilli?" „Na ja", zögerte Dietrich, besann sich aber schnell und lobte dann doch das Aussehen von Kurts Werk. „Aber nun lass mich erstmal probieren!" Kurt schenkte Kaffee ein, schnitt den Kuchen an und packte seinem Nachbarn ein großes Stück auf den Teller. „Dann los! Guten Appetit". Er zwinkerte seinem Gast launig zu und schnitt auch für sich selbst ein ordentliches Stück ab. Erwartungsvoll schob Dietrich sich den ersten Bissen in den Mund. „Mhm", murmelte er „gar nicht schlecht!" Nachdem er den zweiten Bissen zerkaut und hinunter geschluckt hatte, ließ er die Kuchengabel langsam sinken und starrte seinen Gastgeber mit glasigen Augen an. Dann fiel sein Kopf nach vorn. Leblos glitt Dietrich Kröger seitwärts vom Küchenstuhl.

Kurt Winter ging hinaus, um die Grube für den Gartenteich zu vergrößern.

Brasilianischer Plantagenbesitzer mit Apfel

DRITTE SEQUENZ
HISTORISCHE DELIKTE AUS DER REGION –
NEU AUFGEROLLT

Eutiner Retrospektive

Der Kammerherr wurde also umgebracht! Erst hat es doch geheißen, er sei im Schnee ausgerutscht und mit dem Kopf auf die Steine geschlagen? Wie dumm Ärzte doch sein können! Und die gnädige Frau hat zunächst nichts bemerkt? Sie hätte sich doch fragen müssen, warum der Gemahl so lange ausbleibt, warum sein allabendlicher Spaziergang bei dem kalten Wetter viel länger dauert als sonst. Und nun ziehen wir nach Itzehoe, weil die Gnädige die ganze justiziare Aufregung nicht aushalten kann. Ja, Itzehoe, das ist da, wo die Frau Kammerherrin herkommt. Da hieß sie noch Gräfin von Ahlefeldt und Rixingen. War es in Eutin vielleicht nicht fein genug? In dem schönen großen Haus, ganz in der Nähe vom Schloss? Nein, nein, da steckt etwas ganz anderes dahinter, das weiß ich nur zu gut!
Wie hat sie sich geziert und gewunden, als die Polizei sie endlich auch mal ausgefragt hat über die Ereignisse dieses kalten Februarabends! Da war es schon Juni, so lange haben die sich mit ihr Zeit gelassen! Geheult hat sie, weil sie Angst hatte vor den Herren von der Justiz! Ich musste sie trösten und ihr gut zureden, dabei wusste ich ganz genau, weshalb sie wirklich zitterte. Aber meinen Christian einsperren, können die! Nur, weil sie das blutige Beil gefunden haben, mit dem er

die arme Katze erschlagen musste, weil sie die Herrschaft so störte. Gut, er hätte das Beil lieber sauber machen sollen, aber davon hält das Mannsvolk ja nicht viel! Damit soll sich unsereiner dann wieder abplagen! Aber ich, und ein Beil in die Hand nehmen? Na, ich werde mich hüten! Allerdings, - wenn ich gewusst hätte, wo das alles hinführt, dann hätte ich dem Christian sein Beil so blank geputzt, wie es noch niemals vorher war. Ach, dass es so hat kommen müssen! Doch meine Stunde wird bald schlagen! Ich werde alles sagen, was ich weiß, wo doch jetzt so eine große Belohnung versprochen ist! 1500 Mark! Was kann man damit alles anfangen! Nein, nein, nicht mein Christian war der Mörder und auch nicht sein Freund, der Knecht Jasper Dietrich. Da waren andere Mächte im Spiel, ja, Mächte, die sogar mehr zu sagen hatten als unser griesgrämiger Kammerherr. Ich habe einiges beobachtet und gehört. Wenn nur dieses Gerumpel bald aufhören würde! Wenn es nur gleich einen Pferdewechsel gäbe, damit das Kind zur Ruhe kommt und die Schmerzen aufhören! Wenn es nur nicht so heiß wäre! ---

All diese Gedanken gingen dem Kinderfräulein Martha Josephine Brodersen durch den Kopf, als es am 28. Juli des Jahres 1830 in der Reisekutsche saß mit der Witwe des Kammerherrn Rudolf Anton Ludwig von Qualen und ihrer sechs Kinder. Zur Witwe war die geborene Karoline Gräfin von Ahlefeldt und Rixingen geworden, weil ihr Gatte am Abend des 21. Februar eben des Jahres in seinem von einer hohen Mauer umgebenen Garten durch mehrere Schläge auf den Kopf getötet wurde. Er pflegte dort abends stets zur selben Zeit für eine Stunde spazieren zu gehen, wobei er sogar einen „knubbeligen" Stock mit sich führte. In den Prozessakten las es sich folgendermaßen:

„Als ausgemacht getrauen wir uns zu behaupten, dass der verewigte Herr Kammerherr von Qualen bey gesundem Leibe durch Zerreissung der Gehirnmasse, vereint mit völliger Verblutung gewaltsam getötet worden sey." *

Zwei junge Männer, beide im Dienste des Mordopfers, gerieten in Verdacht, vor allem deshalb, weil sie ihrem Herrn, der bekannt war für übermäßige Genauigkeit und höchst knauseriges Verhalten, nicht besonders wohl gesonnen waren. Dies ging aus den Vernehmungsprotokollen anderer Hausangestellter hervor, denn selbstverständlich wurde eine für damalige Zeiten sehr aufwändige Untersuchung des Falles anberaumt, handelte es sich bei dem Getöteten doch immerhin um einen Minister im Dienste des dänischen Königs. Die beiden Verdächtigen, der Diener Jasper Dietrich Wisser und der Kutscher Christian Koch wurden sage und schreibe sieben Jahre lang im Gefängnis zu Eutin festgehalten, wurden zunächst verurteilt, dann jedoch von einer höheren Instanz wegen mangelnder Indizien und unzureichender Beweisführung endgültig frei gesprochen. Der wahre Täter wurde nie gefunden, wohl auch aus dem Grunde, weil gar nicht nach einem dritten Verdächtigen gesucht wurde, denn mit den bereits festgenommenen zweien hatte man genug zu tun, wie aus den fast 700 Seiten der Prozessunterlagen hervorgeht.

Nun, das Tagebuch des Kinderfräuleins Martha Josephine Brodersen hatte man damals noch nicht zur Verfügung, denn, wie bereits erwähnt, wechselte die Frau Kammerherrin mitsamt ihren Bediensteten wenige Monate nach dem Tod ihres Gatten den Wohnort, um nach Itzehoe, in die Breite Straße Nummer 20 zu ziehen, denn dieses Haus gehörte ihrer Familie. Die Gouvernante Martha also führte ein Tagebuch in sorgfältiger Sütterlinschrift, welches allerdings erst vor wenigen Jahren bei Sanierungsarbeiten ebenda gefunden wurde. Diese junge Dame muss eine gute Beobachtungsgabe und einen scharfen Verstand gehabt haben, doch leider halfen beide nicht gegen ihren frühen Tod. Der Inhalt ihrer Aufzeichnungen ist hier, als Erzählung zusammengefasst, wiedergegeben:

Am Vorabend der Mordtat gab es einen lautstarken Streit zwischen dem Kammerherrn und seiner Gemahlin. Ich konnte im Nebenzimmer alles mit anhören, da noch eine halbe Stunde Zeit war bis zum Zubett-Bringen der Kinder. In dieser halben Stunde hatte ich die Kleinen täglich auf Anweisung ihres Vaters zu befragen, wie der heutige Tag gewesen sei, was sie Gutes und auch Schlechtes getan hätten, und was sie morgen zu tun gedächten. Dann wurde das Nachtgebet gesprochen. Da wir aber die Auseinandersetzung der Eltern mit anhören mussten, wurden die Kinderstimmchen immer leiser, und ich spitzte die Ohren. Es ging um die Affäre, in die ich schon längst eingeweiht war. Nun wusste es also auch der gnädige Herr!

Arme Frau Gräfin! Gnade ihr Gott! dachte ich bei mir. Was wird sie nun tun? Was bleibt ihr überhaupt zu tun? Mir genügte, was ich hörte, und ich schickte mich an, die Kinder zur Nachtruhe zu betten, hatte ich doch gerade diesen Abend noch etwas vor. Doch um dieses Vorhaben musste ich bangen, denn als die Kleinen eingeschlafen waren und ich leise die Kinderzimmertür schloss, kam die Frau Kammerherrin atemlos über den Flur auf mich zu, legte ihren Finger auf den Mund und steckte mir einen versiegelten Briefumschlag in die Schürzentasche. Dann zog sie mich dicht an sich heran um mir eine Adresse ins Ohr zu flüstern. Ich sollte mich von unserem Kutscher Christian auf der Stelle dort hinfahren lassen, er wisse schon Bescheid. Erleichtert atmete ich auf, denn Christian, mein geliebter Christian, war sowieso das Ziel meines abendlichen Vorhabens gewesen, was die Gnädige jedoch nicht ahnte. Sie hielt ihn lediglich für einen groben Klotz, der mit einer Frau nichts anzufangen wisse. Ich hatte also nichts Eiligeres zu tun als meinen Geliebten aufzusuchen und mit ihm den Auftrag auszuführen, wobei ich mich bereits auf eine vergnügliche Kutschfahrt durch das abendliche Eutin freute, denn die Adresse lag am anderen Ende der Stadt. Wenn ich schon damals gewusst hätte, welche Folgen dieser Ausflug haben würde, wäre ich zu Hause geblieben, hätte mich in meinem Zimmer eingeschlossen und wäre nie wieder heraus gekommen.

Am Ziel angelangt, pochte ich zaghaft an die Tür des prächtigen Gartenhauses. Sogleich wurde geöffnet. Als ich der Dienstmagd den Brief entgegenstreckte, führte sie mich schweigend in einen kleinen Salon. Dort erwartete mich ein gut aussehender Mann in dänischer Offiziersuniform. Aha, dachte ich, dieser Herr also! Denn ich wusste wohl, dass die Frau Kammerherrin oft Besuch empfing, wenn ihr Gatte auswärts zu tun hatte. Mich schickte sie dann mit den Kindern in den Schlosspark oder zur Familie Holstein in die Nachbarschaft. Eines Tages sah ich den „Besuch" auch einmal von weitem, weil eines der Kinder allzu lange herum trödelte, so dass ich warten musste. Ich bemerkte, dass es ein dänischer Offizier war, der eilig durch das seitliche Gartentor schritt und auf die Tür des Gartenzimmers zusteuerte. Dort wartete schon die Gnädige, die allerdings auch mich bemerkte und mir mit erregten Handbewegungen bedeutete, ich solle mich entfernen. Sein Gesicht konnte ich damals nicht erkennen, dafür heute umso besser. Mit energischer Gebärde nahm er das mir anvertraute Papier entgegen, erbrach das Siegel und überflog die wenigen Zeilen. Eine leichte Röte überzog sein glattes Gesicht. Dann faltete er die Botschaft sorgsam zusammen, verwahrte sie in der linken Rocktasche und richtete folgende Worte an mich: Sag sie ihrer Herrin, dass alles Nötige veranlasst wird. Und ich antwortete artig: Jawohl Herr, alles Nötige wird veranlasst. Damit entließ er mich. Ich eilte zu meinem Christian auf den Kutschbock, und im Galopp ging es in den Eutiner Forst zu einer höchst vergnüglichen Fortsetzung dieser Unternehmung.

Wieder zu Hause, fand ich die Gräfin im Kaminzimmer vor, wo sie gemeinsam mit ihrem Gatten über einem Buche saß. Als sie meiner ansichtig wurde, schalt sie mich gehörig aus wegen meines langen Fortbleibens und schickte mich in meine Kammer. Und fast auf dem Fuße folgte sie mir, um mich sogleich hinter der Tür nach meinem Auftrag zu fragen. Ich sagte ihr den Satz auf, den mir der Herr Offizier mit gegeben hatte und sie war's zufrieden.

Was einen Tag später geschah, wissen nun alle, aber nur ich weiß, wer der Schuldige ist. Doch durfte ich es noch nicht ausposaunen, denn dann wäre heraus gekommen, wo Christian und ich am Abend vorher waren und warum diese Fahrt so lange gedauert hat. Ich hätte mich in Grund und Boden geschämt und wäre sicher entlassen worden. Vier Wochen später stellte ich jedoch fest, dass unser Beisammensein nicht ohne Folgen geblieben ist und jetzt, wo wir aus der Stadt Eutin und von meinem Christian fortgezogen sind, jetzt werde ich alles sagen, was ich weiß. Dann kommt mein Christian frei, ich erhalte die 1500 Mark Belohnung, und wir können heiraten und unser Kind ernähren und kleiden.

Hier enden die Tagebucheintragungen. Die letzte Notiz über die Gouvernante der Karoline Gräfin von Ahlefeldt und Rixingen kann man einem alten Kirchenbuch in Itzehoe entnehmen unter der Rubrik „verstorben": 6. August 1830, Martha Josephine Brodersen, im 24. Lebensjahr, ein Kind tragend. Todesursache: Gewaltanwendung, eventuell durch Messerstiche.

Doch für ein gewöhnliches Kinderfräulein lohnte es sich wohl nicht, aufwändige Untersuchungen durch die Justiz anzustellen, geschweige denn, einen Prozess anzuberaumen.

* (Quelle: E. Maletzke, Der Tod des Kammerherrn, ersch.1991)

Aus der Lombardei

Benedikt von Ahlefeldt war durch die Heirat der jungen Witwe Anna Margaretha Rantzow, geborene von Buchwaldt, von 1704 bis 1754 Gutsherr auf Gut Jersbek in Holstein. Darüber hinaus war er den schönen Künsten sehr zugetan. Vorübergehend hatte er sogar die Pachtung der Hamburger Oper am Gänsemarkt inne. Im Jahre 1744 lernte er den italienischen Kastratensänger Filippo Finazzi kennen und schätzen. Finazzi war daraufhin häufig Gast auf Jersbek. Bald bezog er ein eigens für ihn erbautes Haus mit einer kleinen Landstelle in der Nähe von Jersbek im heutigen Ort Bargfeld-Stegen, ein Geschenk des Gutsherrn. In Erinnerung an seine Heimat gab Finazzi diesem Anwesen den Namen „Lombardei". Er bewirtschaftete das dazugehörige Land und machte die bis dahin unbebauten Felder urbar. Auch Finazzi heiratete eine junge Witwe, genau wie sein Mäzen und Gönner Bendix von Ahlefeldt. All dies kann man in alten Chroniken nachlesen.

Doch war es wirklich Zufall, dass der Italiener ausgerechnet in Hamburg landete, zu einer Zeit, als das Reisen von einem Ort zum anderen noch sehr beschwerlich war und nur langsam voran ging? Warum freundete sich Herr von Ahlefeldt gerade mit diesem Sänger an, obwohl es genügend andere seiner Qualität gab? Oder war es umgekehrt, - entdeckte Herr Finazzi den reichen Gutsbesitzer und spürte, dass es hier vielfältige Vorteile geben würde? Und war es auch Zufall, dass beide Männer eine junge Witwe zur Frau nahmen?

Nun, um Erklärungen zu finden, müssen wir weit zurückgehen: Die Eltern des Benedikt von Ahlefeldt, später auch „Bendix" genannt, legten großen Wert auf eine breit gefächerte Bildung ihres Sprösslings. So war eine Italienreise zur Erweiterung seines Wissens um die Kultur des Abendlandes für den jungen Mann unerlässlich. Dass Bendix ausgerechnet hier eine schicksalsweisende Begegnung haben sollte, konnte niemand voraus sehen. Andererseits hätte ihm die schöne junge Frau auch im Norden begegnen können, denn von dort kam sie, genauso, wie ihr Gatte, der Major Franz Rantzow Ja, Anna Margaretha Rantzow, geborene von Buchwaldt, von der hier die Rede ist, war bereits verheiratet. Die von Buchwaldts gehörten zu den ältesten Adelsfamilien Schleswig-Holsteins und nannten dementsprechend mehrere Gutshöfe und Ländereien ihr Eigen. Nur widerwillig war Anna nach der Eheschließung ihrem Gatten Franz Rantzow zum Kriegsdienst in die Lombardei gefolgt. Sie sah jedoch ein, dass es für seine prekäre Lage, in die er sich durch leichtsinniges Glücksspiel hinein manövriert hatte, das Beste war. Zudem brauchte er hier unter der Nennung „Rantzow" anstatt „von Rantzau" zunächst keine Verfolgung durch seine Gläubiger zu fürchten. Er war in den Dienst Friedrichs III. getreten, um Preußen im Spanischen Erbfolgekrieg zu verteidigen, und diente in Mantua.

Anna versuchte, so gut es ging, mit dem kargen Salär auszukommen. Am gesellschaftlichen Leben der Garnison mochte sie nicht teilnehmen, da die wenigen anderen Offiziersfrauen aus Österreich stammten und recht hochmütig auf sie herab sahen. Auch konnte Anna sich nur schwer an dieses verschnörkelte Geplapper gewöhnen, was zwar auch zum deutschen Sprachgut gehörte, aber wovon sie vieles gar nicht verstand. So saß sie zu Hause in der kleinen Majorswohnung und suchte jenseits der Kasernenmauern den Blick zum Horizont. Dann träumte sie sich in ihre ferne Heimat zu den saftigen Wiesen, den sanften Geesthügeln und den nebligen Herbsttagen. Nur um die nötigen Einkäufe zu erledigen, verließ sie das Haus, stets gekleidet in ihre Holsteiner Tracht, begleitet von einer lombardischen Magd, die mit den Marktweibern und Kleinhändlern stritt und feilschte.

Bei dieser Gelegenheit, gerade, als sie den Domplatz überquerten, drangen eines Tages norddeutsche Worte an Annas Ohren. Erstaunt blickte sie um sich und landete direkt in den blauen Augen eines stattlichen jungen Mannes. Unfähig, ihren Weg fort zu setzen, zog sie ihre Magd am Ärmel, um auch deren Schritte anzuhalten. Der Beobachtete und sein Begleiter hatten das Gespräch, dessen Fetzen Anna vernommen hatte, unterbrochen und standen nun ebenfalls still. Nachdem die erste Verblüffung verflogen war, zog Bendix von Ahlefeldt, denn um diesen handelte es sich, seinen Hut, verneigte sich höflich, und sprach in klarem Norddeutsch: „Gnädiges Fräulein, gestatten Sie, dass ich mich vorstelle, denn ich vermute, wir haben dasselbe Heimatland?" Anna ergriff zögernd die dargebotene Hand des jungen Herrn. Bendix von Ahlefeldt nannte seinen Namen und erklärte in wohlgesetzten Worten sein Woher und Wohin. Allmählich legte sich Annas Verwirrung, sie fasste Zutrauen zu diesem Reisenden, dessen Familienname ihr nicht fremd war. Froh, endlich einen Gesprächspartner norddeutscher Zunge gefunden zu haben, gab sie bereitwillig Auskunft über den Grund ihres hiesigen Aufenthaltes. Doch nicht nur ihren

Worten lauschte Bendix gerne, sein Blick suchte auch immer wieder den ihren, glitt an ihrer wohl geformten Gestalt herunter und wieder hinauf, verfing sich in ihrer gelockten Haarkrone, setzte sich fest auf ihren glühenden Wangen und den nunmehr unbeschwert plappernden Lippen. Ihren Weg hatten sie dabei unmerklich fortgesetzt.

Jetzt waren sie an der Stadtmauer angelangt, deren Tor Anna mit ihrer Begleiterin passieren musste, um die Kaserne zu erreichen. Abschied oder Wiedersehen? In beiden Gemütern kämpften diese Worte miteinander. Der Händedruck wollte nicht enden, bis Bendix schließlich die entscheidende Frage stellte. Und Anna willigte freudig ein, sich am folgenden Tage um dieselbe Stunde vor dem Dom erneut zu einem Gespräch zu treffen. Beschwingten Schrittes, sodass die mit Einkäufen bepackte Magd kaum folgen konnte, trat Anna den restlichen Heimweg an. Doch kurz vor der Wohnungstür hielt sie inne, drehte sich zu ihrer Bediensteten um, sah ihr durchdringend in die Augen und legte ihren Zeigefinger auf die geschlossenen Lippen. Die Magd nickte. Bendix von Ahlefeldt beschloss noch am selben Abend, seinen Aufenthalt in Mantua länger auszudehnen, als ursprünglich geplant. Dass er doch ein abruptes Ende nehmen würde, konnte er nicht ahnen.

Franz Rantzow war nicht nur ein leichtsinniger Spieler, sondern auch ein eifersüchtiger und jähzorniger Gatte. Diese Eigenschaften hatten Annas anfängliche Liebe bald versiegen lassen, doch eine Trennung verboten sowohl die gesellschaftlichen Konventionen als auch der Ehevertrag, der zwischen Franz und ihren Eltern geschlossen worden war. So bedeutete dieser Aufenthalt in Mantua für Anna eine doppelt schwere Bürde. Wer konnte es ihr unter diesen Umständen verdenken, dass sie die offensichtliche Zuneigung des Bendix von Ahlefeldt freudig erwiderte und in den nächsten Tagen jede Gelegenheit wahrnahm, ihn wieder zu treffen?

Doch Mägde sind nicht immer so verschwiegen, wie die Herrschaften es sich wünschen, und da dem Gatten Franz die vermehrten Marktgänge seiner Frau bekannt wurden, vor allem deren Dauer, hatte er bald den Grund dafür aus seiner Bediensteten herausgepresst. Allerdings begnügte er sich nicht damit, Anna von nun an ihre Ausgänge zu verbieten, sondern er schickte einen Boten in die Herberge des Bendix von Ahlefeldt und forderte ihn zum Duell. Bendix, mittlerweile in heißer Liebe zu Anna entbrannt und entschlossen, sie wieder in ihre gemeinsame Heimat zu bringen, ging auf die Forderung ein. Wie der aufmerksame Leser es bereits der Einleitung entnehmen konnte, ging dieses Duell tödlich aus für Franz Rantzow, machte Anna also zur Witwe.

Nun konnte damals nicht alles so schnell gehen, wie es vielleicht zu wünschen gewesen wäre! Ein Duell mit tödlichem Ausgang war zu jener Zeit nicht mehr ganz unproblematisch, es konnte durchaus sein, dass der Ausführende zur Rechenschaft gezogen und peinlichen Befragungen ausgesetzt sein würde. So beeilte sich Bendix von Ahlefeldt mit seiner Abreise aus Mantua, nicht ohne Anna weiterhin seiner Liebe zu versichern und ihr das Versprechen zu geben, dass es in Holstein ein baldiges Wiedersehen geben werde. Doch bis es dazu kam, sollte noch ein ganzes ereignisreiches Jahr vergehen…
Im Sommer 1704 war es dann soweit: Anna reiste endlich in ihre Heimat zurück, heiratete Bendix von Ahlefeldt und brachte als Mitgift unter anderem das Gut Jersbek mit in die Ehe. Sie schenkte ihrem Gatten vier Kinder, starb aber

bereits 1730 im Alter von 52 Jahren an den Folgen des Sturzes von einer Bodentreppe. Wie später berichtet wurde, sprach sie auf ihrem Sterbebett zunächst zu den Kindern tröstende Abschiedsworte, dann schickte sie sie hinaus, um mit Bendix allein zu sein. Worte, Sätze, die schon so viele Jahre in ihr schlummerten, wollten nun endlich mitgeteilt werden: „Mein lieber Gatte Benedikt, höre bitte, was mich seit vielen Jahren bedrückt: Ich habe es bisher vor dir und vor aller Welt verschwiegen, nur Gott ist mein Zeuge und… Aber ich kann mit dieser Last nicht in den Tod gehen, ohne sie bei dir abzuladen. Damals, in Mantua…" Doch es war zu spät. Ihre Stimme versagte, sie schloss für immer die Augen. Dennoch sollte Bendix den Sinn dieser letzten Worte seiner Gattin erfahren.

Eine ähnliche Szene spielte sich 13 Jahre später ab in dem Dorf Gorlago östlich von Bergamo, dem Geburtsort des Sängers Filippo Finazzi. Sein Vater, ein erfolgreicher Jurist, war bereits vor acht Jahren verstorben, jetzt war seine Mutter sterbenskrank. Filippo leistete ihr Beistand in ihren letzten Stunden und hörte ebenfalls ein mit brüchiger Stimme geflüstertes Geständnis: „Filippo, du warst uns immer ein guter Sohn, doch in Wahrheit bist du es nicht! Du bist nicht Sohn deines Vaters und kamst auch nicht aus meinem Schoß." Sie atmete schwer und drückte kraftlos Filippos Hand. Der lauschte gebannt. „Nein, eine junge Frau aus dem preußischen Norden, sie sprach nicht unsere Sprache, kam damals zu uns in Begleitung einer Magd, die hier in unserem Dorf Verwandte hatte. Die fremdländische Frau schien in allergrößter Not zu sein. Du warst ein kleines, rosiges Bündel mit blauen Augen und blonden Haaren. So haben wir dich aufgenommen. Weder die junge Mutter noch die Magd haben wir jemals wieder gesehen. Es gibt aber ein Papier, du findest es in der untersten Lade des Schreibsekretärs deines Vaters, in einem blauen Kästchen..." Hier verließen die alte Frau alle Kräfte, ihr Haupt sank zur Seite und sie starb.

Unschwer erraten wir, was Finazzi dem Papier entnahm, und so machte er sich umgehend auf in den Norden Europas. Ein Glücksfall war, dass er auf seinem Weg dorthin in der Stadt Linz in Österreich auf die Operntruppe des Pietro Mingotti traf und mit dieser bis Hamburg weiterreisen konnte. Geschickt knüpfte er hier Kontakte zum dänischen und damit auch zum holsteinischen Adel und fand auf diese Weise seinen leiblichen Vater. Und Bendix von Ahlefeldt schloss seinen ihm bisher unbekannten Sohn, der zu einem begabten Sänger und Komponist herangewachsen war, sofort in sein Herz. Daher die Fürsorge eines norddeutschen Gutsbesitzers für einen italienischen Kastratensänger! Daher die Sesshaftigkeit eines Italieners in unseren kühlen Breiten. Allerdings wurden die Umstände, wie Ahlefeldts Frau Anna Margaretha zur Witwe geworden war, genauso aus allen Chroniken getilgt, wie der Grund dafür, dass sie erst ein Jahr nach dem Tod ihres Gatten aus Italien zurückkehrte. Man erging sich nur in Andeutungen über diesen Finazzi, man sah erstaunt, wie geschickt der Italiener die geschenkte Landstelle urbar machte, und wie es ihm sogar gelang, in hohem Alter ebenfalls eine junge Witwe zu ehelichen, obwohl die Kirche zu der Zeit verbot, dass Kastraten überhaupt heirateten. Doch auch dieses wollen wir klären, haben wir es doch schon wieder mit einer „jungen Witwe" zu tun.

Finazzi arbeitete tatsächlich sehr fleißig auf seinem kleinen Anwesen und besorgte gewissenhaft Haus und Hof. Doch für die Musik blieb kaum noch Zeit und Kraft. So war er froh, als er, nun bereits 52 Jahre alt, die junge Gerdrut Steenmatz bei sich als Magd einstellen konnte. Sie zählte 28 Jahre, war mit einem Schmied verheiratet, und verdiente bei Finazzi ein wenig zum kargen Lohn ihres Mannes dazu. Auch erlaubte er ihr, ab und zu ihren dreijährigen Knaben mit zu bringen, weil die Luft hier besser war als in der stickigen Schmiede. Und der Sänger fand Gefallen an beiden. Doch da gab es zwei Hinderungsgründe: Erstens, wie schon erwähnt, verbot die katholische Kirche, der Finazzi natürlich angehörte, die Heirat von Kastraten, zweitens: Gerdrut WAR bereits verheiratet. Das erste Hindernis räumte Filippo Finazzi aus dem Weg, indem er die Konfession wechselte und zu einem Protestanten wurde. Gab es noch den Ehemann… Hatte sein Vater nicht auch seine Mutter zur Witwe gemacht, sie dann geheiratet und war mit ihr glücklich geworden?

Ab und zu erhielt Finazzi noch Briefe und Botschaften von seiner italienischen Operntruppe, der er einst angehört hatte. Hierunter waren nicht nur ehrbare Musiker und Sänger, sondern auch solche Gesellen, die juristisch zwingende Gründe gehabt hatten, ihr Heimatland Italien schnellstmöglich zu verlassen. Daran erinnerte Finazzi sich jetzt. So setzte er sich wieder einmal an seinen Schreibtisch und verfasste einen langen Brief. In einen Lederbeutel zählte er einen beträchtlichen Batzen Goldstücke. Brief und Beutel sandte er per geheimen Kurier nach Leipzig, wo die Truppe sich gerade aufhielt.

Sechs Wochen später verstarb der Ehemann der Gerdrut Steenmatz plötzlich unter nicht geklärten Umständen. Der Nachtwächter will in der nämlichen Nacht zwei dunkelhaarige, glutäugige Gestalten beobachtet haben, die sich an der Dorfschmiede herumdrückten. Das konnten aber auch Hirngespinste sein, verursacht durch übermäßigen Branntweingenuss, wie es bei ihm schon öfter vorgekommen war. Die junge Witwe wurde nun die Gattin des Filippo Finazzi und lebte glücklich mit ihm bis zu seinem Tode im April 1776. So schloss sich der lombardische Kreis.

Pompeji

Gartenträume

Erst gestern hatte der junge Herr ihn wieder so angeschaut. So, als ob er ihn etwas fragen wollte, oder nein, eher, als wollte er ihm etwas Wichtiges mitteilen. Oder war es nur Neugier? Eugen war sich wohl bewusst, dass sein fein gezeichnetes Gesicht nicht für einen einfachen Gärtner passte. Er hatte sich bereits einen Backenbart stehen lassen, um von seinen anmutigen Zügen abzulenken, aber den aufmerksamen Beobachter konnte man damit natürlich nicht täuschen. Eugen war das, was man einen „schönen Mann" nennt. Dunkles Haar stand in weichen Locken über seiner hohen Stirn, blaue Augen unter fein gezeichneten Brauen erstaunten den Betrachter, die hoch stehenden Wangenknochen rahmten eine wohlgeformte Nase ein, der kindlich gebliebene Mund lächelte selten. Sein schmalhüftiger, biegsamer Körperbau unterstrich seine südländisch anmutende Physiognomie aufs Angenehmste. Ja, südländisch, und das hier, in Pommern, im Norden von Pommern, auf dem Bimarck'schen Gut Kniephof. Nein, so einen Anblick war man hier wirklich nicht gewohnt, schon gar nicht von einem einfachen Gärtner! Natürlich wird das der Grund gewesen sein, weshalb ihn der junge Herr so angesehen hat.

Ach! Der junge Herr! Der Junker Bismarck! Eugen seufzte. Ja, auch das war ein gut aussehender, ein stattlicher Mann! Und wie Eugen gehört hatte, wussten das auch viele junge Frauen in der näheren und weiteren Umgebung zu schätzen. Junge Frauen! Eugen schob den Gedanken schnell beiseite.

Nein, junge Frauen schätzte er nicht. Aber das durfte er sich nicht anmerken lassen. Niemals! Mit Schaudern dachte er an seine letzte Arbeitsstelle in Jarchow. Wenn es am Sonnabend zum Tanz ging, hatte er sich geweigert mit zu gehen. Wenn die Knechte sich über ihre Liebschaften unterhielten, wurde er stets rot und machte sich verschämt davon. Wenn einer der Arbeiter mal wieder versuchte, der Küchenmagd unter den Rock zu greifen, nahm er sie in Schutz. Dafür steckte er Hänseleien und Verachtung ein. Bis einer dieser Kerle es eines Tages laut aussprach: Du bist ja gar kein richtiger Mann! Eugen war in die hinterste Ecke des Gemüsegartens gerannt und bis zum Abend dort geblieben. Am nächsten Morgen hatte er sein Bündel gepackt und sich davon gemacht. Nein, das sollte ihm hier nicht passieren! Wenn nur dieser Junker Bismarck nicht wäre! Eugen hatte sie sofort gespürt, die magische Anziehungskraft, die dieser Mann auf ihn ausübte. Was sollte er dagegen tun? Noch einmal weglaufen? So schnell wie dieses Mal, würde er nicht schon wieder eine neue Anstellung finden. Außerdem wünschte er sich nichts sehnlicher, als in der Nähe dieses wunderbaren Mannes zu bleiben und ihn wenigstens so oft wie möglich anschauen zu dürfen. Alles andere war vermessen, das wusste er nur zu gut.
Junker Bismarck war bekannt für seine Abenteuerlust, ob Gräfin, Schauspielerin oder Küchenmagd, keine ließ er aus! Der junge Herr konnte sich einiges erlauben, man sah darüber hinweg, und es war nicht Eugens Sache, darüber zu richten, also tat er es auch nicht. Und was Almut anbetraf, nun, - man würde sehen…
Eugen hatte sich auf Gut Kniephof schnell eingelebt, er war fleißig und pflichtbewusst. Er ging nun auch mit zum Tanz,

er lachte über die Mädchengeschichten, ja, er hatte es sogar einmal über sich gebracht, die Köchin in den Busen zu kneifen. So hatte noch keiner einen Verdacht geschöpft. Allerdings hatte dieses ganz und gar männliche Verhalten auch zur Folge, dass das weibliche Gesinde auf ihn aufmerksam geworden war und anfing, ihn zu umgarnen, insbesondere Almut, eines der Kindermädchen. In der Tat war sie sehr hübsch und kokett, das musste auch Eugen zugeben. Doch ihre weiblichen Wünsche konnte und wollte er nicht erfüllen, und bis jetzt hatte er sie sich noch vom Leib gehalten, mit immer neuen Ausreden. Bald jedoch stellte sich heraus, dass auch Junker Bismarck an der lebenslustigen Almut Gefallen fand. Er stellte ihr nach, wo er nur konnte, und schämte sich nicht, sie vor aller Augen am Arm zu packen, um ihr einen kräftigen Kuss zu verpassen. Almut riss sich dann los und sie lachten etwas zu laut. In der Küche munkelte man bereits, dass sie beide schon im Stroh bei den Pferden gesehen worden seien, doch das Mädchen stritt dies stets ab. Eugen beobachtete und schwieg.

Dann aber kam Almut eines Tages zu ihm, als er am äußersten Ende des Gartens mit dem Schneiden der Hecke beschäftigt war. Sie hatte ihn kaum begrüßt, da brach sie auch schon in Tränen aus: - Eugen, er hat es mir angetan! Was soll ich nur machen? Eugen, du musst mich heiraten! Er wird es niemals zugeben! - Obwohl der junge Mann ahnte, wovon sie sprach, stellte er doch die Frage nach dem Grund ihrer Verzweiflung. Von Schluchzern begleitet erfuhr er von ihrer Schwangerschaft und der Angst, dass es entdeckt und man sie vom Hof jagen würde und was ihre Eltern wohl sagen würden und die Herrschaft würde ihr auf keinen Fall glauben, dass es der junge Herr war, und alle wüssten doch, dass sie in Eugen verliebt sei und würden denken, dass es sein Kind ist.

Endlich trat eine Pause ein. Eugen versuchte zu begreifen, was er da eben gehört hatte. Sein Kind? Heiraten? Der junge Herr? Sein Junker Bismarck? - Almut-, brachte er schließlich heraus, - wie stellst du dir das vor? Ich soll dich heiraten? Aber ich…- Er presste schnell die Lippen aufeinander, um nicht zum Verräter an sich selbst zu werden. Nein, auch sie durfte nicht wissen, wie es um ihn stand. – Aber du magst mich doch, Eugen, ich weiß das, alle wissen es. Dann kannst du mich doch einfach heiraten. Ich werde dir eine gute Frau sein, glaub es mir! Bitte rette mich von dieser Schande, sonst gehe ich ins Wasser! – Bei diesen Worten erschrak Eugen zutiefst. Wie wagte sie, so etwas zu sagen! Was konnte er nur tun, um sie zu beruhigen? Sollte er in ihren Plan einwilligen? Sie heiraten und für den Rest seine Lebens unglücklich sein? Oder wollte er, dass sie ihr junges Leben und das des ungeborenen Wesens vorzeitig beendete? Ihm erschien das eine wie das andere unmöglich. Er brauchte Zeit zum Nachdenken, soviel wurde ihm jetzt klar. Schnell fand er ein paar tröstende und vertröstende Worte für Almut und wandte sich wieder seiner Arbeit zu.

In den nächsten Tagen wurden Eugens Grübeleien über seine Lage von einem schrecklichen Ereignis eingeholt: Einer der Knechte war beim Reinigen der Pistole des Junkers tödlich verunglückt. Er war stets ein Einzelgänger gewesen, nur mit Eugen hatte er ab und zu ein paar Worte gewechselt. So wurde der junge Gärtner beauftragt, den Sargtischler in der nahe gelegenen Stadt Naugard aufzusuchen um das Nötige zu veranlassen.

Angesichts dieses Unglücksfalls hatte Eugen nun doch beschlossen, dem Drängen Almuts nachzugeben und sie zu heiraten. So hätte er wenigstens die Möglichkeit, in der Nähe des verehrten Junkers zu bleiben. Ein geordnetes Familienleben würde in Zukunft niemanden mehr veranlassen, etwas anderes von ihm zu denken. Almut umarmte ihn dankbar, als er ihr seinen Entschluss am Vorabend seines Stadtausfluges mitteilte.

Als Eugen am nächsten Morgen aufbrechen wollte, kam Herr von Bismarck eilends aus dem Haus und winkte ihm, stehen zu bleiben. Eugen gehorchte verwundert. Der Junker übergab ihm einen hölzernen Kasten mit dem Auftrag, damit zum Büchsenmacher zu gehen. Dies sei die Pistole, mit der der Verunglückte hantiert habe, sie müsse nun untersucht und gerichtet werden. Eugen schlug die Augen nieder und nahm die Anordnung schweigend entgegen. Dann machte sich mit dem Pferdefuhrwerk auf den Weg.

In der Werkstatt des Sargtischlers wurden ihm verschiedene Angebote gemacht, doch er entschied sich für das billigste, da er meinte, das müsse für einen Knecht genügen. Gerade, als sie gemeinsam den Totenschrein auf den Leiterwagen gehievt hatten und noch eben die Bezahlung regeln wollten, betrat ein schäbig gekleideter Landfahrer die Tischlerwerkstatt. Doch anstatt den Meister zu begrüßen, stürzte er sogleich auf Eugen zu: - Ha, dich kenne ich! Du bist doch der Weibermann! Erinnerst du dich? Letztes Jahr, in Jarchow! Und jetzt bist du bei den Bismarcks, was? Hast es gut getroffen! Aber ich komme auch. Bin schon vorstellig geworden, letzte Woche. Hei, das wird lustig! Du mit den Männern, ich mit den Weibern! – Ein kräftiger Schlag auf Eugens linke Schulter beendete diese lange, entsetzliche

Rede. Tatsächlich erkannte Eugen in diesem unverfrorenen Burschen jenen Mann wieder, der ihm damals in Jarchow die Wahrheit ins Gesicht geschleudert und ihn zur Flucht veranlasst hatte. Welches teuflische Schicksal hatte diesen Kerl hierher verschlagen? Ausgerechnet jetzt und hier! Um Eugen begann sich alles zu drehen. Gerade fing er noch den erstaunten Blick des Sargtischlers auf, dann machte er kehrt, rannte hinaus, sprang auf den Kutschbock und ließ die Peitsche auf den Gaul nieder sausen. Das durfte nicht sein, das durfte nicht sein! schoss es ihm ohne Unterlass durch den Kopf. - Er darf nichts sagen! Ich muss es verhindern! - Während das Pferd instinktiv den Heimweg eingeschlagen hatte, versuchte Eugen, seine Gedanken zu ordnen und einen Plan zu entwerfen, wie er seine Zukunft noch retten könne. Plötzlich fiel ihm die Pistole ein. Richtig! Er hatte doch einen zweiten Auftrag vom Junker Bismarck bekommen. Der musste erledigt werden, das durfte er nicht vergessen! Eugen zog scharf an den Zügeln, um das Pferd zum Wenden zu bewegen. Auf dem Rückweg in die Stadt entwirrten sich seine Gedanken. Ja, die Pistole! Und wenn er nun diesen elenden Kerl...? Der war bestimmt irgendwo in der Stadt zu finden, vielleicht sogar noch in der Tischlerwerkstatt. Um so einen Hundsfott ist es nicht schade, wer kräht schon nach dem? Dann mussten sich die Bismarcks eben einen neuen Knecht suchen, weil dieser plötzlich verschwunden war. Wen kümmerte das?

    Vor der Tischlerwerkstatt angekommen, nahm Eugen die Pistole aus ihrem hölzernen Gehäuse und steckte sie in seine Hosentasche. Doch der Landfahrer war nicht mehr hier, wie ihm der Meister berichtete. Weitere Auskunft konnte er nicht geben. Langsam verließ Eugen die Werkstatt. Was nun? Wo sollte er suchen? Und war das überhaupt die richtige Lösung? Würde er denn mit dieser Schuld leben können? Müsste er nicht eines Tages darunter zusammen brechen und alles beichten? Vielleicht sogar seiner Frau? Und konnte er überhaupt dieses Leben an der Seite einer Frau aushalten? Und immer den Junker Bismarck vor sich haben ohne dass jemals seine geheimsten Wünsche erfüllt würden? Die Waffe in seiner Hosentasche schien beharrlich schwerer zu werden. Eugen umklammerte sie. Hinter seiner Stirn begann ein schwerer Eisenhammer zu pochen. War dies der Grund, dass er, anstatt auf den Kutschbock, auf die Ladefläche des Leiterwagens kletterte?

Er taumelte, verfehlte fast eine Sprosse. Die roten Kreise vor seinen Augen wurden dichter und greller. Das Pferd scharrte bereits unruhig mit den Hufen. Endlich auf der Ladefläche angekommen, schob sich sofort der erst vorhin aufgeladene Sarg für den Leichnam des Knechtes in Eugens Blickfeld. Plötzlich erschien es ihm, als ob hier die Lösung und auch die Erlösung auf ihn warte. Er schob den schweren Deckel des Totenmöbels zur Seite und legte sich hinein. Dann zog er die Pistole aus der Tasche, entsicherte sie und schloss für immer die Augen.

Als der Sargtischler den Schuss vernahm, kam er neugierig aus seiner Werkstatt gerannt.

Kitty spielt

Gefällt es dir in meinem Haus?
Fühlst du dich wohl?
Weißt du, dass ich dich liebe?
Hast du alles, was du brauchst?
Möchtest du wieder in die Villa?
Tust du uns einen kleinen Gefallen?
Auf diese eindringlich gestellten Fragen antwortete Kitty mit eifrigem Kopfnicken, das begleitet wurde von anmutigen Wellenbewegungen ihres langen kupferfarbenen Haares. Nur nach der letzten Frage zögerte sie ein wenig. „Einen kleinen Gefallen"? Sie glaubte zu wissen was das bedeutete. Fred hatte vor zwei Wochen schon dieselbe Frage gestellt, doch da hatte die Sache sich schnell von selbst erledigt, denn eine Glückssträhne sorgte dafür, dass er in letzter Minute doch noch seine Schulden bezahlen konnte. Seitdem hatten sie das Kellergewölbe der Villa in Hamburg an der Elbchaussee gemieden wie einen mit Pest und Cholera behafteten Ort. Doch Kitty bemerkte schnell die sich von Tag zu Tag steigernde Unruhe, die ihn befiel.

Kitty – so wurde sie von Fred genannt, denn ihr Taufname Katharina erschien ihm zu lang, hatte er doch auch seinen eigenen Namen verkürzt. Und seit er sie damals, nach der Begrüßungsfeier für das Jahr 1903 in Clärchens Ballhaus in der Auguststraße einfach mitgenommen hatte, heraus aus dem Hinterhof in Berlin, weg von Armut, Krankheit und familiären Grausamkeiten, war sie einfach nur dankbar und tat alles, was Fred sagte. So war eine neue Namensgebung noch das geringste Übel. Nun hieß sie also Kitty, lebte in diesem schönen weißen Herrenhaus in Bliestorf, einem Ort im Holsteinischen, der so klein war, dass ihn niemand kannte. Friedrich von Schrader, genannt Fred, hatte dieses Anwesen, ein großer Park und einige Nebengebäude gehörten ebenfalls dazu, von seinem Onkel geerbt, der in Berlin bei einem Duell im Jahre 1889 ums Leben gekommen war. Nun genoss Kitty seine Großzügigkeit. Die bestand hauptsächlich darin, dass er beim Kartenspiel seine Brieftasche öffnete und auf ihr glückliches Händchen vertraute. In der Tat hatte sie ein solches, denn nicht selten gingen sie mit satten Gewinnen nach Hause. Das war allerdings nicht nur auf ihr „glückliches Händchen" zurück zu führen, sondern auf ihr schauspielerisches Talent.

Seit 1872 die öffentlichen Spielbanken auf höchstpersönliche Anweisung von Kaiser Wilhelm I. geschlossen worden waren, mussten Glücksspiele notgedrungen im Verborgenen stattfinden. Denn ganz darauf verzichten? Das konnten eingefleischte Spieler nicht verkraften. Außerdem: Gerade das Verbotene macht den Menschen doch am meisten Spaß!

So fand auch Fred von Schrader Zugang zu privaten Hinterzimmern, Kellergewölben, Separées, wo man sich unbesorgt an Spiel- und Kartentische setzte und so lange das Schicksal herausforderte, bis Haus und Hof und manchmal sogar das eigene Leben zum Teufel waren. Dort verharrte er stundenlang mit versteinerter Miene und verfolgte Glück und Pech seiner Mitspieler. Und er verließ den Tisch meistens dann, wenn das Pech auf Seiten der Mitspieler angehalten hatte. Meistens, - jedoch nicht immer!

Vor zwei Wochen zum Beispiel hatte er viel, sehr viel verloren. Irgendetwas hatte nicht funktioniert. Hatte Fred sich nicht genügend konzentriert? Waren ihre Zeichen zu undeutlich gewesen? Gab es noch einen Falschspieler unter den Gegnern? Zu Hause hatte er Kitty Vorhaltungen gemacht: Ob sie nicht mehr richtig gucken könne? Ob sie die Regeln vergessen hätte? Ob sie sich einen neuen Liebhaber suchen wolle? Viel hatte nicht gefehlt, dass er ihr eine Tracht Prügel verabreichte, doch sie war schnell nach oben geflüchtet in ihr kleines Balkonzimmer, das sie so liebte.

In der Tat wusste auch sie nicht, wie es zu den Verlusten kommen konnte. Die vereinbarten Zeichen kannte sie doch in- und auswendig: Sie streicht sich mit der rechten Hand über ihr Haar, der Gegner hält Karo in der Hand. Sie streicht sich mit der linken Hand ihr Kleid glatt, der Gegner hält Herz. Wenn sie Freds Stuhllehne berührt weist das auf Kreuz hin und schließlich, das Aufklappen ihres Fächers, dann ist es Pik. Einsehen konnte sie die Karten, weil sie sich von Anfang an stets als die nervöse Dame gab, die keine Geduld fürs Spielen aufbringt, die die Herren gern mit Getränken und Zigarren versorgt, die auch mal kokettiert und dem einen oder anderen Teilnehmer Hoffnungen macht, heute für ihn die Glücksfee zu spielen. Dazu lächelte Fred dann stets gönnerhaft. Auch wussten sie es so einzurichten, dass die übrigen Spieler der Runde ebenfalls ab und zu gewannen, wenn auch nur kleinere Summen. Das hatte vor zwei Wochen nicht geklappt, da war aus so einer vermuteten kleineren Summe plötzlich eine recht hohe geworden, sodass Fred mit bleichem Gesicht vom Tisch aufstand, Kitty einen gebieterischen Blick zuwarf und mit ihr das Gewölbe verließ.

Zwei Tage später hörte Fred jedoch von einer Zusammenkunft in einem Separée des erst neu erbauten Hotels Atlantic an der Hamburger Außenalster. Sein Titel verschaffte ihm auch hier wieder Zugang, einige reiche Amerikaner waren unter den Spielern und Fred gewann - mit Kittys Hilfe. Allerdings zerrannen die Goldmarkstücke wieder allzu schnell unter ihren Fingern, dies auch mit Kittys Hilfe. Und nun war schon wieder Ebbe in der Kasse. Und Fred sprach erneut von einem „kleinen Gefallen". Kitty hörte sich seinen Plan an: Im Hotel Atlantic war ein älterer amerikanischer Geschäftsmann besonders in Erscheinung getreten. Mit dem komfortablen Dampfer „Cincinnatti" hatte Mister Cogan den Ozean überquert, um hier Verhandlungen zu führen mit einigen Hamburger Reedern. Das Pharo-Spiel war seine Leidenschaft, er hatte in den Saloons im amerikanischen Westen reichlich Gelegenheit zum Spielen gehabt. Und Fred setzte all seinen Ehrgeiz darein, diesen Mann zu besiegen. Dabei sollte Kitty natürlich wieder die entscheidende Rolle spielen, ja, er erwartete von ihr, dass sie Mr. Cogan besonders umschmeichelte, um gewisse Hoffnungen in ihm zu wecken. Für Kitty bedeutete dies keinerlei Anstrengung, gerne versprach sie, ihr Bestes zu geben. Doch es sollte anders kommen.

Am folgenden Samstagmorgen ließ Fred anspannen, Kitty hatte sich besonders attraktiv heraus geputzt, und die Reise nach Hamburg ging los. Im Hotel Atlantic fanden sie alles so vor wie beim letzten Mal, sie wurden in das Separée eingelassen, Mr. Cogan gehörte ebenfalls wieder zur Spielrunde. Nach dem Austausch der Begrüßungsfloskeln nahm man Platz und Kitty nutzte die Gelegenheit, Mr. Cogan mit einem intensiven Augenaufschlag zu bedenken. Auch sorgte sie dafür, dass er beim Hinsetzen ihren Oberschenkel streifen musste, was ein geheimnisvolles Rauschen ihres üppigen Kleides hervorrief. Fred zwinkerte ihr wohlwollend zu. Das Spiel begann. Wie verabredet, hielten sich Fred und Kitty zunächst zurück,

Mr. Cogan gewann. Die Einsätze wurden gesteigert. Nun fand Fred es an der Zeit, etwas für sich heraus zu holen. Kitty parierte. Zwischendurch umgarnte sie den Amerikaner immer wieder mit Koketterien und Avancen, worauf dieser allerdings recht kühl reagierte. Vor Fred häuften sich die Münzen. Nach und nach schieden die übrigen Teilnehmer aus, bis Fred und Cogan zurück blieben. Da plötzlich sprang Mr. Cogan auf und schrie:„Sie spielen falsch!" Dann heftete er seinen stechenden Blick auf Kitty mit den Worten:„Und Sie machen mit!" Fred erstarrte, doch er fasste sich schnell:„Mein Herr! Welch eine ungeheuerliche Unterstellung! Nicht nur für mich! Insbesondere auch für meine Begleiterin! Hier geht alles mit rechten Dingen zu, nur das Spielerglück entscheidet!" „Nein", erwiderte Mr. Cogan, jetzt etwas ruhiger, „das tut es nicht! Es ist diese bezaubernde Dame Kitty, die hier um uns herum scharwenzelt, die nicht nur mir schöne Augen macht, sondern die versucht, uns vom Spiel abzulenken. Wenn ich nicht wüsste, dass Sie noch nie in Amerika waren, könnte man meinen Sie hätten ihre Taktiken in den dortigen Saloons gelernt!" Fred und Kitty sahen sich an. Was nun? Fred ergriff die Flucht nach vorn. „Mr. Cogan, ich verwahre mich energisch gegen Ihre Anschuldigungen. Das nächste Spiel wird in Abwesenheit meiner Gefährtin stattfinden. Dann werden wir sehen, auf wessen Seite das Glück steht." So musste Kitty den Raum verlassen, die Spielrunde wurde ohne sie fortgesetzt.

Nach zwei Stunden, Mitternacht war bereits vorüber, öffnete sich die Tür des Spielzimmers und ein totenbleicher Fred wankte heraus. Sogleich bestürmte ihn Kitty: „Was ist geschehen?" Doch Fred murmelte nur: „Wir fahren nach Hause."

Am nächsten Morgen kam Fred von Schrader nicht umhin, Kitty reinen Wein einzuschenken, denn schließlich würde das Kofferpacken auch einige Zeit in Anspruch nehmen: Nachdem Fred gestern Abend all sein Geld an Mr. Cogan verloren hatte, bestand der Amerikaner darauf, um Kitty selbst zu spielen. Zunächst wies Fred das natürlich weit von sich, doch sein Gegner drohte mit der Polizei und so ließ Fred sich darauf ein und verlor prompt auch dieses Spiel. Gleich heute wollte Cogan persönlich kommen, um sie abzuholen.

Als Kitty diese Nachricht vernahm, wich alles Blut aus ihrem Gesicht. Doch dann fing sie an zu toben: „Dieser fette alte Amerikaner! Was soll ich bei dem? Was soll ich überhaupt in Amerika? Was fällt dir ein, mich zu verspielen! Was bin ich denn überhaupt für dich? Du hast mir deine Liebe geschworen, und jetzt dies? Das wirst du mir büßen! Das mache ich nicht mit!" Ohne weitere Worte von Fred abzuwarten rannte Kitty die Treppe hinauf, jedoch nicht in ihr Balkonzimmer, sondern in Freds Kabinett. Sie wusste, dass er eine Pistole besaß. Einen von beiden würde sie umbringen! Am besten den Amerikaner! Aber um Fred wäre es auch nicht schade! Nachdem sie die Tür von innen abgeschlossen hatte, durchsuchte sie fieberhaft Schrankfächer und Schubladen. Ja, da lag das gute Stück, versteckt unter den weißen Rüschenhemden. Kitty wusste von ihrem Vater, wie man mit einer Waffe umgeht. Inzwischen rief Fred draußen ihren

Namen, bat sie, sich zusammen zu nehmen, versprach ihr, dass er ihr folgen würde nach Amerika, sobald er genug Geld hätte. Kitty trat aus seinem Zimmer heraus, die Waffe unter dem Rock versteckt, und ging an Fred vorbei mit den Worten:„Ich packe jetzt meine Koffer."

Bald fuhr die Kutsche vor. Fred hatte mehrmals versucht, Kitty zu trösten, sich zu entschuldigen, um auch nur eine weitere Antwort aus ihr heraus zu holen. Doch Kitty schwieg. Die Koffer wurden die Treppe hinunter getragen, Kitty hüllte sich in ihren Pelzumhang, Fred begleitete sie bis an die Kutschentür, Mr. Cogan war ausgestiegen, um Kitty in Empfang zu nehmen. Da riss sich die junge Frau ihren Umhang herunter, holte die Pistole hervor und schrie:„Ich lasse mich nicht verkaufen!" Sie hatte die Waffe schon auf den Amerikaner gerichtet, als Fred ihr in den Arm fiel, um das Unglück abzuwenden. Doch Kitty ließ sich nicht so leicht beirren, sie rang mit Fred um die Pistole. Auch Cogan griff in den Kampf ein. Dabei löste sich ein Schuss.

Alle drei hielten inne und starrten einander an. Es war Kittys hellgrünes Seidenkleid, das sich auf der Brust rot färbte von ihrem Blut. Sie sank in Freds Arme, verlor das Bewusstsein und tat bald darauf ihren letzten Atemzug. Die beiden Männer fassten sich schnell und trugen die Tote ins Haus. Doch Mr. Cogan war und blieb in jeder Situation Geschäftsmann. Er verlangte, dass Friedrich von Schrader auf andere Weise seine Spielschulden zu bezahlen hätte. So kam es, dass das von Schradersche Erbe im Jahre 1910 verkauft wurde an den Freiherrn von Schröder.

Schwedische Pressionen

„Doch, ich habe schon einmal gelebt! Das fühle ich! Na ja, natürlich nicht immer, aber, bei manchen Gelegenheiten!" „Und welche wären das?" „Also, wenn ich zum Beispiel an einem See stehe, dann kommt es mir vor, als wenn mir dort irgendetwas passiert wäre, auch wenn ich den See gar nicht kenne. Und das muss etwas mit einem Feuer zu tun haben. Oder ich sehe eine junge Mutter mit ihrem Baby auf dem Arm, da bekomme ich plötzlich ein merkwürdiges Ziehen in der Bauchgegend." „Ach, Quatsch! Gedulde dich noch ein bisschen, im nächsten Jahr können wir uns auch ein Kind leisten, dann wird das Ziehen schon aufhören. Und das mit dem vorigen Leben, das ist doch nichts weiter als esoterischer Hokuspokus, den dir deine Arbeitskollegin eingeredet hat! Wie kannst du so etwas nur für bare Münze nehmen!" Juliane ließ nicht locker. „Aber du hast doch selbst heraus gefunden, dass einer meiner Vorfahren eventuell aus einer dieser adligen Familien im Holsteinischen hervor gegangen ist! Vielleicht gab es mich ja schon einmal und ich hatte sogar ein Kind!" Robert nahm seine Frau liebevoll in den Arm. „Ja, fahr nur hin! Ich habe doch gar nichts dagegen, dass du dir deine vermeintliche Heimat anschaust. Es war ja wirklich nett von der Grafenfamilie, dich einzuladen. Aber dass du mir dort nicht etwa in der Vergangenheit verschwindest! Ich warte hier auf dich!" Zärtlich küsste er seine Frau auf die Stirn und überließ sie wieder der komplizierten Aufgabe des Kofferpackens.

Juliane freute sich auf die Reise. Geschäftlich hatte sie in Flensburg zu tun, aber das Gut Pronstorf bei Bad Segeberg am Warder See lag ja quasi auf dem Weg. Die freundliche Antwort des Herrn Grafen zu Rantzau auf ihre Anfrage hatte sie zusätzlich ermutigt, endlich den Ort zu besuchen, von dem sie seit langem glaubte, er habe im Leben einer ihrer Vorfahren eine Rolle gespielt. Und eigentlich hatte Robert mit seinem Hobby der Familienforschung diese Annahme noch verstärkt. Der Mädchenname ihrer Mutter war in der Mitte des 17.Jahrhunderts aufgetaucht, allerdings in geänderter Form: aus dem vormaligen Bockwoldt war Buchwaldt geworden. Oder hatte dies lediglich sprachliche Ursachen, wie etwa eine Übersetzung aus dem Niederdeutschen ins Hochdeutsche? Auch wurde dort die Taufe eines Kindes mit Namen Caspar Johannes Johannesson erwähnt, eine Heirat jedoch wies diesen später als Caspar Johannes Bockwoldt aus, es musste dieselbe Person sein, denn das Geburtsdatum stimmte überein. Nun, vielleicht würde sie dies ergründen können in der Pronstorfer Chronik, die im Jahre 1901 von der damaligen Gräfin zu Rantzau, Adelheid Louise, geborene von Buchwaldt, verfasst worden war.

Als Juliane aus dem Auto stieg, fiel ihr erster Blick auf die trutzige Feldsteinkirche, die den Hügel gegenüber der Gutsanlage krönt. Vor dem niedrigen Portal nahm sie eine Gestalt wahr, in einen langen Mantel gehüllt, den Kopf mit einem breitkrempigen Hut bedeckt. Eilig verschloss sie ihren Wagen. In der Absicht, den Mann anzusprechen, wandte sie sich wieder um, doch der war verschwunden. Es wird sich schon noch eine Gelegenheit ergeben, mit dem Pastor zu sprechen, überlegte sie. Er ist sicherlich in die Kirche gegangen.

Freundlich empfing die junge Gräfin zu Rantzau ihren Besuch in der Diele des Herrenhauses. Im Verlauf des Gespräches erfuhr Juliane, dass für die Pronstorfer Kirche eine Pastorin aus Bad Segeberg zuständig sei, woraufhin sie die Gestalt an der Kirchentür lieber gar nicht erst erwähnte. Ein gemütlich eingerichtetes Gästezimmer wartete auf sie, und mit der Pronstorf'schen Chronik in der Hand wünschte sie ihrer Gastgeberin eine Gute Nacht. Eigentlich hatte sie sich vorgenommen, noch möglichst viel in den vergilbten Blättern zu lesen. Jedoch die altertümliche Sprache sowie eine gewisse Handlungsarmut ließen Juliane bald ermüden. Außerdem spürte sie plötzlich wieder dieses Ziehen im Oberbauch. Morgen wird alles besser gehen, dachte sie und löschte das Licht.

In der Nacht wachte die junge Frau auf. Wovon? Hatte es ein Geräusch gegeben? Sie tastete nach dem Lichtschalter, konnte ihn aber nicht finden. Eine feuchte Kälte, gegen die ihre dünne, steife Bettdecke sie nur unzureichend schützte, bemächtigte sich ihrer. Schnell wollte Juliane aufstehen, um Abhilfe zu schaffen, doch das ging nicht. Ihr schwerer Leib hinderte sie daran. Sie legte beide Hände auf ihren hoch gewölbten Bauch. Ja, sie war schwanger, jetzt fiel es ihr wieder ein. Die Muhme Güde, die schon so manchem Kind auf die Welt geholfen hatte, richtete bereits vor einigen Tagen die Mahnung an sie:,,Lilia, es wird bald soweit sein, lass den schweren Wassereimer lieber stehen!"

Mühsam erhob sich Lilia nun von ihrem Lager und sogleich wurde ihr Blick zu dem kleinen Fenster gelenkt. Sie glaubte, den Widerschein eines Feuers am Nachthimmel zu erkennen, das musste dort sein, wo die Siegesburg stand. Ihr Mann, der Großknecht Johannes, war in letzter Zeit oft hinüber geritten, um auszuhelfen. Seit einigen Tagen gab es dort wohl auch wieder etwas zu tun, das hatte ihr der Pferdeknecht zuge-flüstert. Denn es war ja streng verboten, über die Herkunft und den Aufenthalt der Schnapphähne zu sprechen. Dass ihr Johannes seit dem Ende der Erntezeit ebenfalls zu ihnen gehörte, hatte sie nur durch Zufall in der Küche erfahren. Eigentlich sollten die anderen Mägde ihr die Sorge darüber vom Leib halten, die Muhme hatte es ihnen mehrmals eingeschärft. Aber dann verplapperte sich doch das Waschmädchen und so war es Lilia zu Ohren gekommen, dass ihr Johannes als Schnapphahn im Auftrag des Herrn Caspar von Bockwoldt, Gutsherr auf Pronstorf und Amtmann von Segeberg, gegen die Schweden im Verborgenen kämpfte. Wehe dem, der von den Schweden erwischt wurde! Aufgeknüpft wurden die armen Burschen, und mit ihren Köpfen wurde noch Schindluder getrieben: Man fand sie am anderen Morgen aufgespießt links und rechts des Weges. Oh gütiger Gott! Brannte denn die Siegesburg schon? Lilia musste schnell hinunter um Gewissheit zu erlangen! Schlimm genug, dass ihr Mann in ihrer schweren Stunde nicht würde bei ihr sein können, nun war er womöglich noch in Gefahr! Bislang hatten die Schweden das Gut verschont, aber was, wenn einer der Bauernburschen erwischt wurde? Würde er der Drangsal und Folter der schwedischen Verhöre standhalten? Würde er in seiner Todesangst ihren gnädigen Herrn verraten?

Eingehüllt in ihr Schultertuch eilte Lilia in ihren Holzpantinen die Treppe hinunter, so schnell ihr Zustand es erlaubte. In der Küche fand sie das Gesinde um den Tisch sitzend vor, ängstlich ihr entgegen blickend. Doch als man sie erkannte, sprangen einige der Frauen auf und geboten ihr, sofort wieder ihre Kammer aufzusuchen, gleich würden die

Schweden kommen. „Nein, ich gehe nicht! Was geschieht hier? Wo ist Johannes? Wo ist der gnädige Herr? Bisher hat er uns doch immer beschützt!" Einige der Mägde zuckten die Achseln, andere schlugen die Augen nieder. Kari fing an: „Johannes wurde..." „Schweig still, dummes Weib!" wurde sie von der Muhme zurechtgewiesen. „Siehst du nicht, dass Lilia Ruhe braucht? Es wird nicht mehr lange dauern. Komm, Lilia, setz dich hier an das Feuer. Du zitterst ja!" Lilia musste sich am Tisch abstützen, um auf den ihr angebotenen Schemel zu gelangen.

In diesem Moment ertönte Hufgetrappel auf dem Vorhof, begleitet von Gebrüll und klirrendem Eisen. Ein verhaltener Aufschrei ging durch die Menschengruppe. Alle wussten, dass Flucht keinen Sinn mehr hätte, die verhassten Mordbrenner würden sie noch im hintersten Winkel des Gutshofes aufspüren. Muhme Güde stellte sich schützend vor Lilia. Dann flog auch schon die Tür auf und zwei schwedische Soldaten schleiften Johannes herein. Seine Kleidung war schmutzig und zerfetzt, sein Gesicht verschwollen und blutverkrustet, ein Ärmel war gänzlich abgerissen, so dass eine klaffende Wunde in seinem Oberarm hervor trat. Lilia sprang auf und drängte Güde beiseite, um zu dem Verwundeten zu eilen. Da durchfuhr sie ein schneidender Schmerz, der sie mit einem Schrei zu Boden zwang. „Packt an!", rief die Muhme, „hängt den Wasserkessel ins Feuer! Holt Tücher! Legt unsere Lilia auf den Tisch! Und ihr, vermaledeite Mordbuben, lasst diesen Mann los! Er ist ja der Vater!" Bei diesen Worten suchte Johannes, sich von seinen Häschern los zu reißen, aber vergeblich. Ein Faustschlag ins Genick ließ ihn wieder in sich zusammen sinken. Das schüchterne Treiben des Gesindes, das nun um die sichtlich bald Gebärende eingesetzt hatte, ließ auch die Schweden nicht ungerührt. Sie verständigten sich gegenseitig mit einem finsteren Blick, dann machten sie eine Kehrtwendung und verließen die Küche, nicht ohne den sich erneut sträubenden Johannes mit sich zu schleifen. Wann immer die Wehen ihr Zeit gaben, flüsterte Lilia vor sich hin: „Sie werden ihn tot schlagen! Gebt dem Kind seinen Namen! Gebt das Kind dem gnädigen Herrn! Ich kann nicht mehr leben!" Güde sprach beruhigend auf sie ein, strich ihr über den Kopf, drückte ihr die Hände. Ansonsten tat sie das, was sie schon so oft in ihrem Leben getan hatte: Sie half einem Kind auf die Welt. Die Mägde unterstützten sie nach Kräften, der Pferdeknecht und der Stallbursche hatten sich vor Ehrfurcht und Scham abgewandt. Endlich ertönte der erste Schrei des Neugeborenen, eines Jungen. Lilia sollte nun selbst einen Namen nennen, aber nach dieser Anstrengung gelang ihr kaum noch das Flüstern. Muhme Güde beugte sich tief zu ihr herunter, um die Worte zu verstehen: „Er soll Caspar Johannes heißen. Gebt ihn dem gnädigen Herrn, es ist ja SEIN Kind." Damit schloss Lilia Johannesson, Magd auf Gut Pronstorf und Eheweib von Großknecht Johannes Johannesson, für immer die Augen.

Als Juliane am nächsten Morgen erwachte, holte sie noch vor dem Frühstück einen Bogen Papier aus dem Schreibtisch ihres Zimmers. Am Vormittag sah sie sich bei einem langen Spaziergang am Seeufer um und genoss den lieblichen Rundblick, der sich einem vom Friedhof aus bietet. Sie verspürte weder ein Ziehen in der Bauchgegend, noch beschlich sie ein ungutes Gefühl beim Anblick des Wassers.
Nach Julianes Abreise fand die Gräfin zu Rantzau ein frisch beschriebenes Blatt Papier zwischen jenen Seiten der

Chronik, die schildern, dass im Jahre 1643 das Gut Pronstorf von den Schweden geplündert und in Schutt und Asche gelegt wurde.

Till Eulenspiegel in Reinfeld

Nach Hermann Bote, dem Schreiber des „Kurzweiligen Buches von Till Eulenspiegel aus dem Lande Braunschweig", war dieser ein „behänder, durchtriebener und listiger Bauernsohn, der sein Unwesen in welschen und deutschen Landen getrieben hat". Bote, der dies alles bereits um 1510 zu Papier oder auch Pergament brachte, schreibt weiterhin, er sei „von etlichen Personen gebeten worden, ihnen zuliebe diese Historien und Geschichten zu sammeln und aufzuschreiben". Er wies dies zunächst zurück, da er meinte, nicht genug Verstand zu besitzen, zumal er als Sohn eines Schmiedemeisters der lateinischen Sprache nicht mächtig war. Dies war jedoch zu damaligen Zeiten für denjenigen, der des Schreibens kundig war, unerlässlich. Doch er ließ sich dennoch überreden, das Werk anzugehen, setzte aber in sein Vorwort die Einschränkung, dass „in diesem seinem schlichten Schreiben keine Kunst oder besondere Feinheiten zu finden sind. Die Leser und Zuhörer mögen lediglich gute und kurzweilige Unterhaltung und Schwänke daraus ziehen." Und er „bitte hiermit einen jeglichen, seine Schrift von Eulenspiegel zu verbessern, wenn sie zu lang oder zu kurz ist, damit er kein Missfallen hervor rufe."
So begann Hermann Bote also seine Geschichtensammlung und setzte jeweils Überschriften, wie folgt: „Die 1. Historie

sagt, wie Till Eulenspiegel geboren, dreimal an einem Tage getauft wurde und wer seine Taufpaten waren." Oder: „ Die 11. Historie sagt, wie Eulenspiegel sich in Hildesheim bei einem Kaufmann als Koch und Stubenheizer verdingte und sich dort sehr schalkhaftig benahm." Oder: „Die 55. Historie sagt, wie Eulenspiegel in Lübeck den Weinzäpfer betrog, als er ihm eine Kanne Wasser für eine Kanne Wein gab."
Hermann Bote schrieb an die 96 Geschichten auf. Die letzten sechs Begebenheiten spielen in Mölln, denn hier ist der gute Till bekanntlich gestorben und begraben. Selbst nach seinem Tod gab es noch Verwicklungen: Die diesbezügliche „Historie sagt, wie Eulenspiegel sein Gut in drei Teilen vergab: einen Teil seinen Freunden, einen Teil dem Rat von Mölln, einen Teil dem Pfarrer daselbst." Auch ist an den Überschriften unschwer die Wanderfreudigkeit dieses Volksnarren zu erkennen, die allerdings häufig nicht ihre Ursache in der Lust am Reisen hatte, sondern in der Not, vor wütenden Bauern, Wirtsleuten oder Handwerksmeistern flüchten zu müssen, die er wieder einmal gründlich reingelegt hatte.
Nun will ich aber zu dem kommen, wozu Bote seine Leser auffordert: Ich will zwar nicht seine Historien „verbessern, weil sie zu kurz oder zu lang sind" (s.o.) sondern ich möchte ihnen etwas hinzufügen:
Till Eulenspiegel war nicht nur in Mölln, Lübeck, Bremen oder Hildesheim, nein, er war auch in Reinfeld! Dies war bisher noch nicht bekannt. Es mag auch daran liegen, dass die Stadt Reinfeld in Holstein zu Tills Zeiten lediglich aus einem Kloster bestand, allerdings einem recht großen, mit dem Namen Reynevelde. Bewirtschaftet wurde es von fleißigen Zisterziensermönchen. Trotz all ihres Fleißes war es diesen

Mönchen jedoch verboten, fleischliche Nahrung zu genießen, und so legten sie um ihr Kloster herum Fischteiche an, damit sie stets reichlich zu essen hätten. Speziell im Kloster Reynevelde stauten sie das Flüsschen Heilsau und bildeten an die 60 Karpfenteiche, von denen noch heute etliche übrig sind, mit diesen schmackhaften Fischen reich gesegnet. Doch zurück zu unserem Till. Neueste Forschungen in alten Archiven belegen folgende Begebenheit: Till Eulenspiegel hatte also in Lübeck, wie wir bereits hörten, einen Weinzäpfer hereingelegt und ihm auf hinter-hältige Weise eine Kanne edlen Weines entwendet. Man kam ihm jedoch auf die Schliche, und nur durch eine List entging er dem Tod am Galgen. Wieder einmal nahm er seine Beine in die Hand und passierte gerade noch vor der abendlichen Schließung das Holstentor. Wo nun hin? Nachdem er eine Weile der untergehenden Sonne gefolgt war, plagte ihn zwar nicht der Durst, denn die Kanne hatte ihm ihre Dienste reichlich erwiesen, sondern der Hunger. Auch war er recht müde, konnte jedoch keinen Stall oder Heuschober weit und breit erblicken, wo er hätte Unterschlupf finden können. Verzweifelt ließ er sich am Feldrain nieder, um nachzudenken, wie er seine Lage ändern könne. Da vernahm er hinter sich ein Platschen und Schmatzen, und als er sich umblickte, erkannte er, dass er an einem Tümpel saß, voll mit herrlichen Fischen, die er nie zuvor gesehen. „Ei", dachte unser Till, „ihr kommt mir wie gerufen. Das gibt ein feines Abendbrot!"
Flugs holte er aus seinem Wams eine Angelschnur, die er für solche Fälle immer bei sich trug, befestigte den Haken, den er unlängst in einer Schneiderwerkstatt aus einer Nadel gebogen hatte, und angelte ein Fischlein nach dem anderen aus dem kühlen Nass. Als er meinte, nun sei es genug und reich-

lich auch noch für den morgigen Tag und schon das Feuerchen anzünden wollte, da legte sich ihm plötzlich eine schwere Hand auf die Schulter und eine Stimme ließ ihn erschauern: „Mein Sohn, weißt du nicht, wess' Speise du hier stiehlst? Wer bist du, dass du glaubst, in fremden Wassern fischen zu dürfen? Fürchtest du nicht Gottes Strafe?"

Der sonst so unerschrockene und stets listenreiche Till fuhr ordentlich zusammen, denn er erkannte sogleich an der Mönchskutte, dass er einen Gottesmann vor sich hatte. „Ich, ach - ich wusste nicht, - ich dachte nur…" stotterte er, doch der Mönch fuhr schon dazwischen: „Und betrunken ist er auch, er stinkt wie ein ganzes Weinfass! Scher er sich zum Teufel!" - er bekreuzigte sich schnell. „Die Karpfen aber bleiben hier!" Damit packte er die noch zappelnden Tierchen und warf sie zurück in ihr ursprüngliches Element.

Mit Entsetzen sah Till seine Abendmahlzeit davon schwimmen. Doch so schnell wollte er nicht aufgeben, schließlich knurrte sein Magen mittlerweile wie eine Bassgeige auf einer Beerdigung. So verlegte er sich aufs Bitten und Flehen und fragte, ob er sich denn nicht sein Essen verdienen könne, er sei fleißig und stets zuverlässig. Der gestrenge Mönch sah ihm in die Augen und fand doch etwas Gutes darin. So ließ er sich erweichen und nahm Till mit in das Kloster Reynevelde. Dort gab er ihm zu essen und eine Lagerstatt im Heu.

Am anderen Morgen sollte Till mit der Arbeit anfangen. Er bekam die Aufgabe, über die Karpfenzucht zu wachen und dafür zu sorgen, dass sich die Fischlein fleißig mehren. Der Fischmeister würde ihn schon lehren. So ging Till an das Ufer des größten Teiches und wartete auf den Meister. Als der nicht kam, wurde es ihm langweilig, und er suchte, sich zu beschäftigen. Da fand er in seiner Tasche seinen Spiegel, den er immer bei sich trug und der sein Namensgeber war. Den holte er nun heraus und hielt ihn ein wenig in die Sonne, sodass er funkelte und blitzte. Neugierig kamen etliche Karpfen angeschwommen, um das Schauspiel zu ergründen. Als Till die im Spiegel erblickte dachte er: „Fein! Nun habe ich schon einige Fische vermehrt! Das werde ich gleich dem Meister zeigen!" Doch als der endlich kam und sich Tills Kunststückchen ansah, wurde er so wütend dass er ihn einen Faulpelz schimpfte und ihm den Spiegel aus der Hand schlug. Der fiel in den Teich und zersprang dort wie durch eine göttliche Fügung in tausend Stücke.

Till musste wieder einmal Reißaus nehmen. Doch dieses Mal hat er dem Kloster Reynevelde und damit der Stadt Reinfeld ein wertvolles Andenken hinterlassen: Seither gibt es in den dortigen Karpfenteichen nicht nur den gemeinen Schuppenkarpfen, sondern auch den schmackhaften Spiegelkarpfen.

Wiedersehen in Altona

Mit Schimpf und Schande wurden sie alle beide vom Hof gejagt! Vom dänischen Königshof, von einem König, der nicht immer Herr seiner Sinne war, der sich in die Hand eines deutschen Arztes gegeben hatte und diesem bedingungslos vertraute. Wir befinden uns im Jahre 1770 in Kopenhagen unter der Regierung Christians VII.

Gut, Johann von Bernstorff hatte zwar ein Rücktrittsgesuch unterschrieben, aber dies nur gezwungenermaßen, damit die Form gewahrt werden konnte bei eventuellen Nachfragen durch das Kabinett. Doch im Nachhinein hatten sowohl der ältere Bernstorff als auch sein junger Neffe Andreas herausgefunden, dass ihre Entlassung aus den königlichen Diensten einzig und allein auf diesen Dr. Struensee zurück zu führen war, der sich durch geschicktes Taktieren, aber auch auf Grund seiner Tüchtigkeit zum Leibarzt des Königs aufgeschwungen hatte.

Es war nicht die Absicht dieses Mediziners gewesen, seine eigenen Landsleute von ihrem Platz zu vertreiben. Dr. Friedrich Struensee aus Altona war zunächst als Landarzt in die königlichen Dienste berufen worden. Er hatte sich um die Leibeigenen zu kümmern, die in Armut und Schmutz ihr kärgliches Leben fristeten. Struensee erzielte mit seinen fortschrittlichen Methoden erstaunliche Erfolge auf dem Gebiet der Seuchenbekämpfung. „Wascht eure Hände vor dem

Essen! Teller, Schüsseln und Töpfe müssen nach der Mahlzeit gereinigt werden! Eure Aborte sind verdreckt! So haltet wenigstens eure Stuben sauber! Und frische Luft braucht es hier drin!" So wetterte er in den Armenkaten. Und das half! Mit mehr Hygiene wurde vielen Krankheiten der Garaus gemacht, die Arbeitskraft des Landvolkes steigerte sich. Daher geschah es, dass auch die unglückliche junge Königin, die man aus England geholt und dem geistig minder bemittelten Christian an die Seite gegeben hatte, auf den deutschen Arzt aufmerksam wurde und ihn ebenfalls bei gelegentlichem Unwohlsein um seinen medizinischen Rat bat. Dass diese Bekanntschaft ihn das Leben kosten würde, konnten beide nicht ahnen.

Schon am Hofe ein und aus gehend, gelang es Struensee schnell, das Vertrauen des Königs selbst zu gewinnen, zumal er dessen oft recht eigentümlichen Verhaltensweisen geschickt zu begegnen wusste. Er schien den Thronerben besser zu verstehen als irgendeiner der bisher behandelnden Ärzte. Die unberechenbaren Launen und die daraus folgende Unfähigkeit des Monarchen, sein Land zu regieren, hatten den klugen Leibarzt darüber hinaus auch noch zu einem seiner engsten politischen Berater aufsteigen lassen. Er wurde geadelt und zum Geheimen Kabinettsminister ernannt. Struensees Reformgedanken allerdings kollidierten heftig mit denen des eher besonnenen Diplomaten Johann von Bernstorff und seines auf umsichtige ökonomische Staatsführung bedachten Neffen Andreas. Und so unterstützte Christian der VII. plötzlich die von Struensee eingefädelten Intrigen gegen die Bernstorffs, enthob sie ihrer Dienste kraft seiner Unterschrift und schickte sie zurück auf ihre Güter nach Holstein und Mecklenburg.

Doch hier müssen wir die Geschichte ein wenig zurück drehen, um in die Zukunft folgen zu können: Bereits als junger Mann war Johann von Bernstorff an den dänischen Königshof berufen worden und hatte diesen in verschiedenen europäischen Hauptstädten als Gesandter zu vertreten. Auf diese Weise erwarb er sich ein hohes Ansehen in ganz Europa. So erhielt er schließlich den Posten des Außenministers und konnte in Kopenhagen sesshaft werden.

Seine Ehe blieb kinderlos. So kümmerte er sich insbesondere um seinen Neffen Andreas von Bernstorff, indem er ihn ebenfalls am dänischen Hofe empfahl. Ein weiterer Grund für die Sorge um diesen jungen Mann waren dessen „mangelnde Manierlichkeit" und seine „unordentliche Haltung sowohl in seiner Kleidung als auch in seinen Finanzen", wie er in einem Brief an seinen Schwager schrieb. Also nahm er die Bildung seines Neffen höchstselbst in seine strengen Hände und verhalf Andreas zu einer verheißungsvollen Zukunft. Dessen besondere Begabung lag später tatsächlich in der Führung der Finanzgeschäfte. Aber einen Charakterzug, der sich erst im Mannesalter zeigen sollte, konnte Johann von Bernstorff seinem Neffen wohl nicht austreiben: Das war der Hang des jungen Mannes zu schönen Frauen. Und der sollte dem weisen Onkel zum Verhängnis werden. Andreas von Bernstorff war mit einer jungen, hübschen Gräfin verheiratet, als er seine Tätigkeiten in Kopenhagen aufnahm. Diese Ehe war außerordentlich fruchtbar. So suchte Andreas, vielleicht aus lauter Rücksichtnahme gegenüber seiner so häufig schwangeren und kränkelnden Gattin, immer mal wieder sein körperliches Vergnügen an anderer Stelle. Eine weitere Person muss hier vorgestellt werden, nämlich der Hofapotheker Sören Gottfried Sörensen. Er ging nicht nur wegen des Königs im Schloss ein und aus, sondern versorgte auch die junge Gräfin von Bernstorff mit Medikamenten. Eines Tages allerdings hatte er seine Gattin beauftragt, die angeforderten Arzneien bei Hofe auszuliefern, und so wollte es der Zufall, dass der junge Bernstorff der hübschen Apothekersfrau zum ersten Mal begegnete:„Guten Tag, schöne Frau, was führt Sie in unsere Gemächer?" grüßte er allzu höflich. Verlegen stammelte Frau Sörensen:„Ich, ach, mein Mann…, also ich bringe nur. .., ich soll etwas abliefern für eine gnädige Frau. Sie ist gesegneten Leibes und…" Weiter kam sie nicht in ihren Erklärungen. Der junge Mann stellte schmunzelnd fest, wie eine feine Röte ihre Wangen überzog. „Kommen Sie nur, ich führe Sie zu der Dame." Er nahm die schüchterne Botin bei der Hand, denn sogleich war es um ihn geschehen. Er beschloss, dieses blühende Wesen so schnell wie möglich wieder zu sehen. Natürlich fühlte die Frau Hofapothekerin sich geschmeichelt, als sie Bernstorffs Absichten durchschaute. Willig ließ sie sich zu gelegentlichen Rendezvous' überreden in einem verschwiegenen Winkel des Schlossparks. Bald fand sich ein Quartier am Kongens Nytorv, wo beide des Öfteren vergnügliche Stunden verbrachten.

Hier ist zu vermerken, dass auch Struensee inzwischen eine ehebrecherische Beziehung angeknüpft hatte, denn er war der jungen Königin sehr viel näher gekommen, als sämtliche höfischen und moralischen Gesetze es zuließen. Den geistig verwirrten König schien dies zunächst nicht zu stören.

Eines Tages nun konnte Sörensen in seiner Apotheke ein Gespräch mit anhören, dass ihn aufs Höchste beunruhigte. Er war gerade im Hinterzimmer mit dem Mischen einer Tinktur beschäftigt, als er folgendes Gespräch seiner

Kunden hörte:„Ja, die Frau Hofapothekerin ist ein schönes Weib! Das hat sich schon bis zum Königshof herum gesprochen." „Was du nicht sagst! Wieso?" „Na, wann warst du zuletzt am Kongens Nytorv? Da kannst du mal die Nummer 9 beobachten!" „Und was sehe ich dann?" „Wenn du Glück hast eine Kutsche, aus der ein Minister steigt, ich glaube, es ist dieser junge Bernstorff. Er schaut sich um und betritt dann eilig das Haus." „Und was dann?" „Tja, dann kommt SIE!" „Wer SIE?" „Na, hier! Sie eben, seine Frau!" „Ja, und dann?" „Ja, was wohl? Meinst du, das ist ein Zufall, dass die beiden öfter mal fast gleichzeitig dieses Haus betreten? Und es dauert meist eine ganze Weile, bis sie wieder raus kommen!" Hämisches Gelächter setzte ein. In diesem Moment erschien der Herr Hofapotheker im Verkaufsraum. Sofort verstummte die Unterhaltung, doch Sörensens hochrotes Gesicht ließ den Schluss zu, dass er genau verstanden hatte, auf welchen Wegen sein junges Eheweib beobachtet worden war.

Sofort sann der stets von Eifersucht geplagte Mann auf Rache. Der junge Bernstorff also! Für wen konnte es einfacher sein, den Tod zu bestellen, als für einen Apotheker? Die Überlegung, dem frevelhaften Liebhaber seine Gattin auf diese Weise zu entziehen, hatte er jedoch schnell aufgegeben, er wollte sie noch für sich behalten. Nein, der Ehebrecher selbst musste es sein! Das Dumme war nur, dass der junge Bernstorff nie krank war und also auch keine Medizin benötigte. Wie sollte es gelingen, ihn zur Einnahme eines Mittelchens zu veranlassen, welches ihm Sörensen natürlich wärmstens empfehlen würde?

Er hatte den jungen Herrn schon mehrfach von weitem gesehen im königlichen Schlosshof oder auch im Kabinettssaal.

Ein wenig blass war er, auch recht schlank, vielleicht nicht mager, aber doch eben schlank. Das war verwunderlich bei der guten Kost, die die dänische Küche bot. Schließlich nahmen er und sein Onkel oft an den Banketten und Maskenbällen teil, die Christian der VII. so gern veranstalten ließ, und bei denen üppiges Essen und Wein in Strömen üblich waren. Gut, er war also nicht so wohl genährt, wie man es von einem gesunden und in jeder Beziehung leistungsfähigen Mann seines Alters erwartet hätte. Hier konnte Sörensen vielleicht ansetzen. Ein Stärkungsmittel, ja, das würde er empfehlen! Aber wann und wie und aus welchem Anlass? Er nahm sich vor mit Doktor Struensee zu reden, von dem er wusste, dass er auf die Bernstorffs nicht gut zu sprechen war.

Bei der nächsten Medikamentenlieferung zog er den Leibarzt des Königs ins Vertrauen und traf auf offene Ohren, genau, wie er vermutet hatte. „Herr Sörensen, ich bin entsetzt! Ihre Gemahlin – eine Ehebrecherin? Ein Opfer dieses skrupellosen Andreas von Bernstorff? Ich kann es nicht glauben! Da ist die schwerste Strafe zu verhängen, Sie haben Recht! Ein Stärkungsmittel soll es also sein? Ha, gute Idee! Geben Sie her, lassen Sie mich nur machen!" Struensee erhielt von dem Herrn Hofapotheker ein gefülltes Briefchen aus Pergamentpapier.

Nun musste eine Gelegenheit abgewartet werden. Einige Wochen nach diesem Komplott hatte der wirrköpfige junge König mal wieder einen Maskenball gefordert, und seine Vertrauten konnten es ihm, trotz Geldmangels in der Staatskasse, auch dieses Mal nicht abschlagen. Wieder wurden alle Höflinge genötigt, dem Fest beizuwohnen. Struensee richtete es so ein, dass er an der langen Tafel neben Andreas von Bernstorff Platz bekam. Im Laufe der langwierigen und umfangreichen Mahlzeit verwickelte er ihn wie zufällig in ein Gespräch über Frauen und hielt auch nicht hinter dem Berg mit seinem Verhältnis zur Königin. Ja, er prahlte sogar ein wenig damit, um Andreas aus der Reserve zu locken. Dieser wollte ihm in nichts nachstehen und erzählte freimütig von der hübschen und willigen Apothekersfrau. Ein Wort gab das andere, die Gläser wurden immer wieder gefüllt, man zwinkerte sich gegenseitig zu und klopfte sich auf die Schulter. Andreas war froh, den vermeintlich intriganten Leibarzt des Königs heute so redselig zu finden. So nahm er auch gerne dessen Rat an, der ihm eine höhere Leistungsfähigkeit bei seinen geheimen Treffen mit der jungen Frau versprach, denn Bernstorff sei doch sicherlich oft erschöpft von seinem Amte.! Mit den Worten „Mir hat es auch schon oft geholfen" steckte Struensee dem jungen Mann das Pergamentbriefchen in die Rocktasche. Allerdings geriet es dort schnell in Vergessenheit, denn kurz darauf wurden sowohl Andreas als auch sein Onkel Johann von Bernstorff vom Hof geschickt, wie bereits eingangs erwähnt. Bald jedoch triumphierten beide, denn Struensee wurde schon im darauf folgenden Frühjahr verhaftet wegen Hochverrats. Er war allzu offenherzig mit seinem Verhältnis zur Königin umgegangen. Auch hatte er sich mehrere Kammerherren zu Feinden gemacht mit seinen überstürzten Reformplänen.

Als der alte Johann von Bernstorff die Nachricht von der Inhaftierung und in Aussicht gestellten Verurteilung des Leibarztes erhielt, wusste er sich vor Freude kaum zu fassen. Er erlitt einen Schwächeanfall. Vorsichtshalber lieferte man ihn in das in Altona gerade neu eingerichtete Krankenhaus ein, damit von Fachleuten Heilung erfolgen konnte. Sein Neffe Andreas kümmerte sich rührend um ihn, doch als kaum Fortschritte in der Gesundung seines Onkels zu verzeichnen waren, erinnerte sich der junge Mann des Pergamentbriefchens, dass Struensee ihm einst als Stärkungsmittel zugesteckt hatte. Das konnte doch sicherlich auch in dieser Situation helfen! Die behandelnden Ärzte sollten nicht erfahren, dass Andreas seinem Onkel aus lauter Fürsorge ein Pülverchen in die Teetasse krümelte. Sicherlich wären sie angenehm überrascht von der plötzlichen Besserung des Gesundheitszustandes. Doch als Andreas am folgenden Tag zum Besuch erschien, musste er zu seinem Entsetzen das Gegenteil erfahren. Sein geliebter Onkel Johann von Bernstorff war verstorben im Alter von nur 60 Jahren. Nun ahnte der Neffe, was das Pergamentbriefchen tatsächlich enthalten haben mochte.

Zu seiner Genugtuung wurde Struensee noch im selben Jahr hingerichtet, allerdings wegen Landesverrats und unsittlichen Verhaltens gegenüber der Königin. Andreas von Bernstorff aber holte man aufgrund seiner außerordentlichen Fähigkeiten zurück nach Kopenhagen, wo er verantwortungsvoll wirkte bis zu seinem Tod im Jahre 1797.